Barry Pain

---

# Eliza

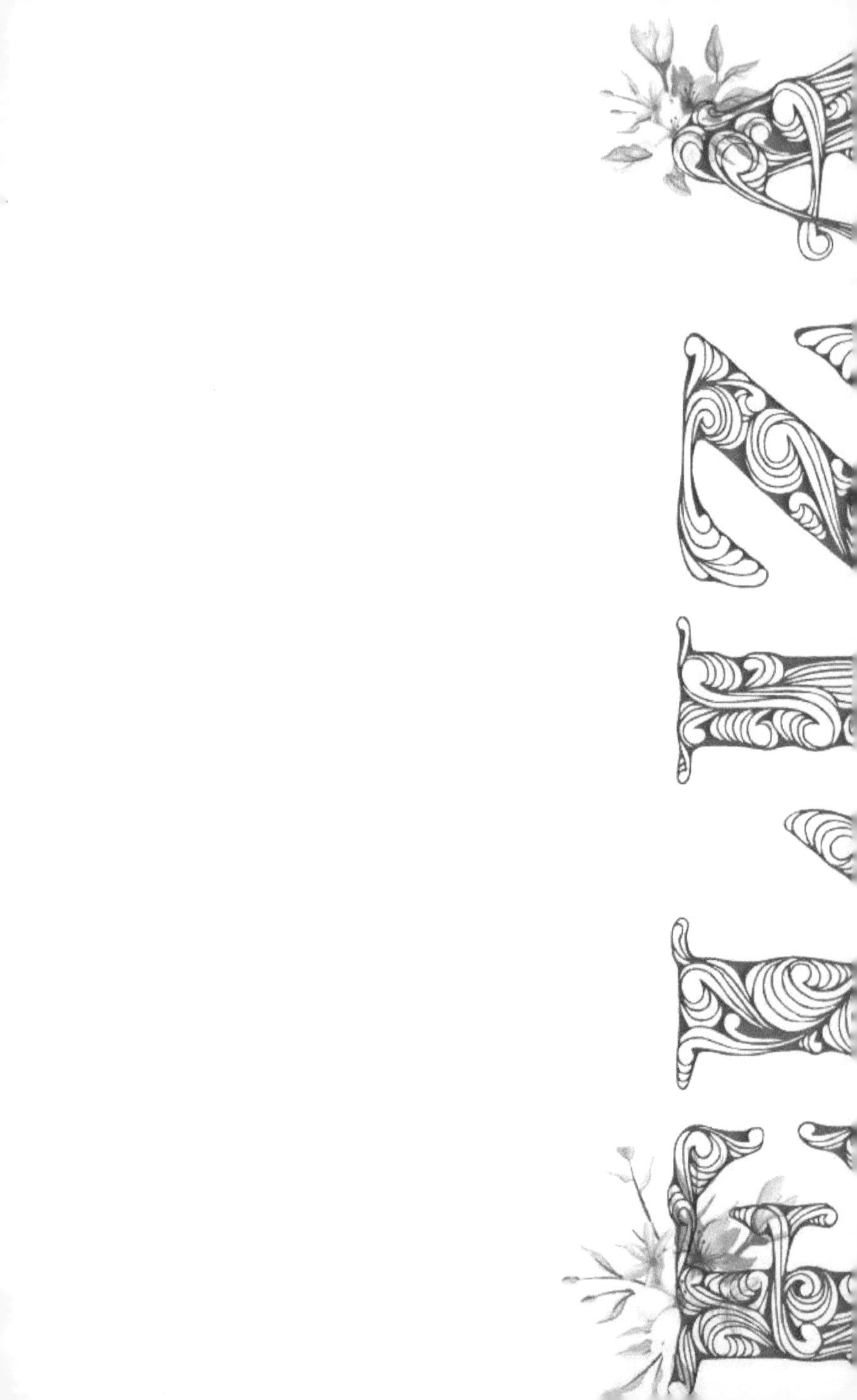

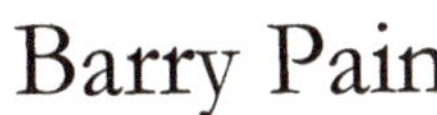

# Barry Pain

---

## Geschichten von

# ELIZA

Aus dem Englischen übersetzt von
Melanie Schmidt

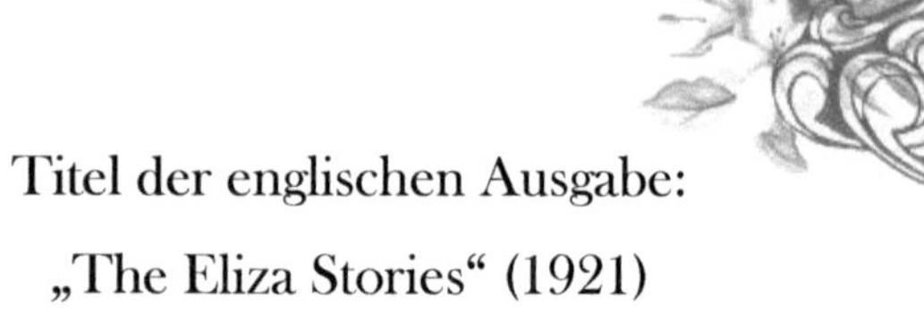

Titel der englischen Ausgabe:

„The Eliza Stories" (1921)

1.Auflage als Taschenbuch
Englisches Original © 1921 Barry Pain
Deutsche Übersetzung in dieser Ausgabe © 2015-2024
Melanie Schmidt
Cover: tredition Cover Creator | KI erstellte 3D-Menschen
Verlagslabel: *Schmidt Classics*
Druck und Distribution im Auftrag der
Autorin/Übersetzerin:
tredition GmbH, Heinz-Beusen-Stieg 5, 22926
Ahrensburg, Germany



ISBN: Softcover
978-3-384-46409-5
Made in Germany

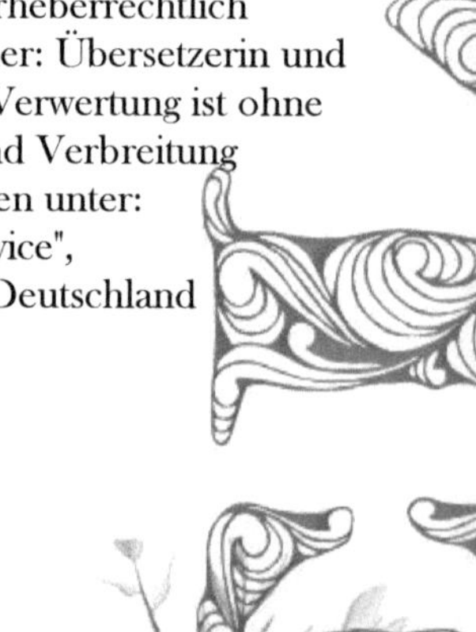

*Für Barry Pain,*

*der nie erleben durfte, wie sein Werk erstmals ins Deutsche*

*übersetzt vertrieben wird.*

*Möge es große Erfolge feiern!*

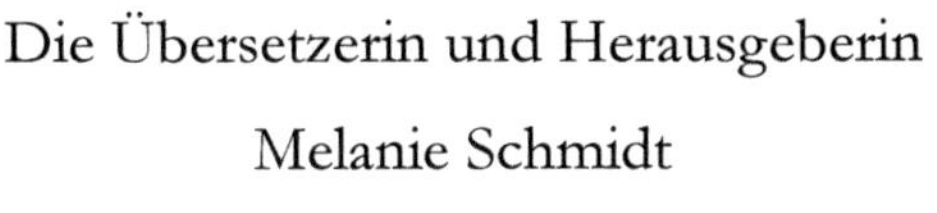

Die Übersetzerin und Herausgeberin

Melanie Schmidt

*(mit Fußnoten (*) der Übersetzerin)*

# Über den Autor

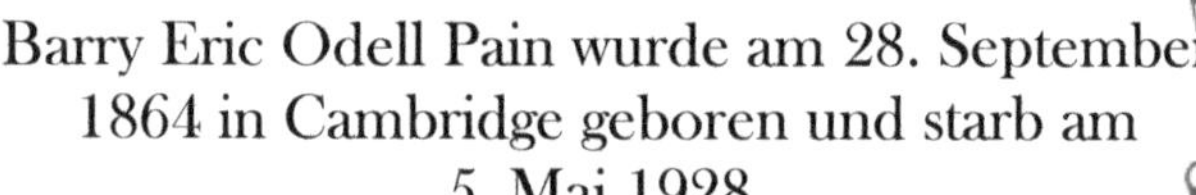

Barry Eric Odell Pain wurde am 28. September
1864 in Cambridge geboren und starb am
5. Mai 1928.
Er war ein englischer Journalist, Poet und
Schriftsteller.
Er besuchte die Sedbergh School und das
Corpus Christi College in Cambridge. Barry
Pain war als Schriftsteller von Parodien und
leicht humorvollen bis sarkastischen
Geschichten bekannt.

# Inhalt

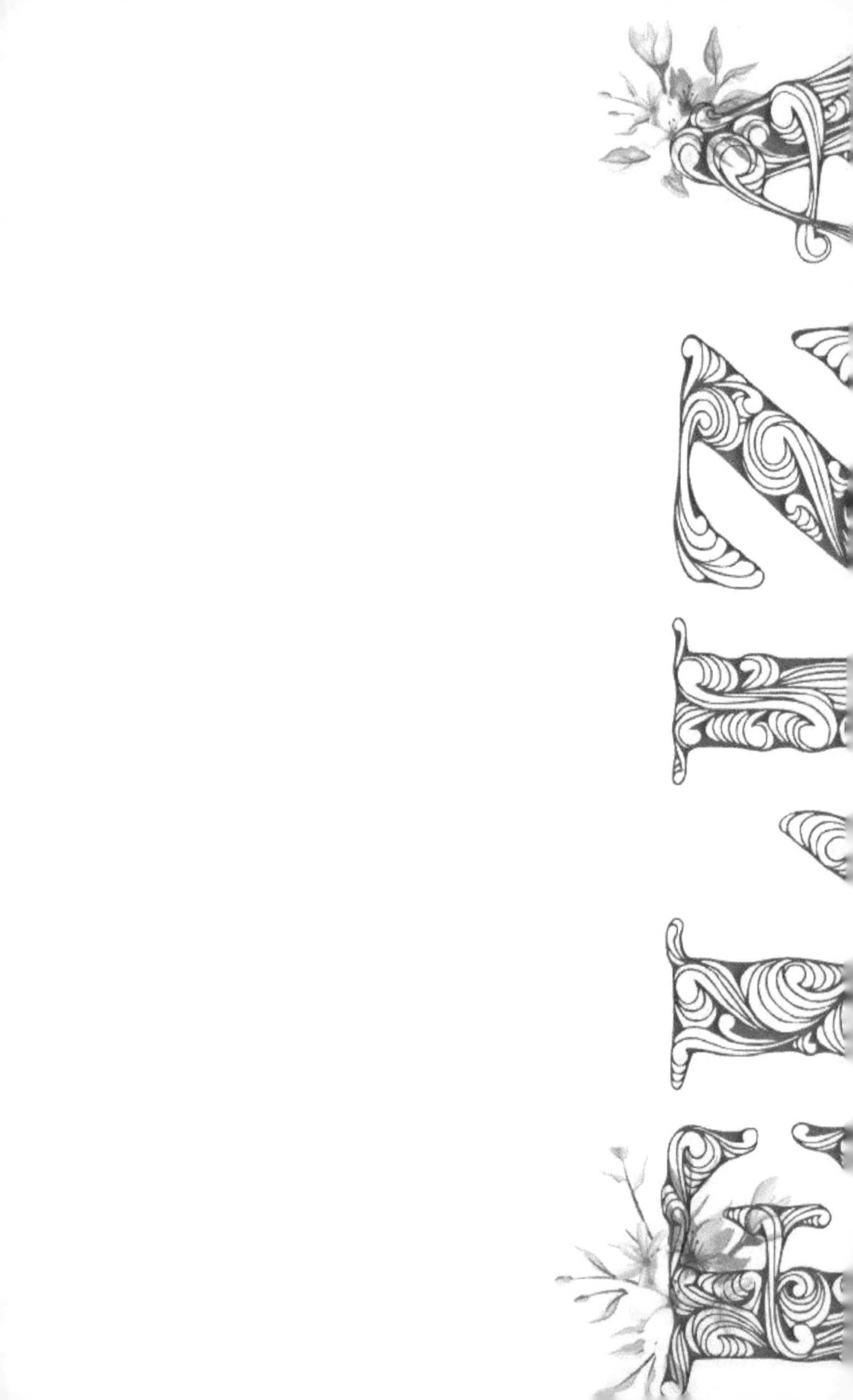

# Elizas Ehemann

„Angenommen", sagte ich neulich im Büro zu einem unserer Angestellten, „Sie würden darum gebeten werden, sich selbst in einigen Worten zu beschreiben. – Könnten Sie das?" Seine Antwort, dass er mich in zwei Worten beschreiben könnte, war ganz und gar keine Antwort.

Zudem waren diese zwei Worte keine Beschreibung und so unverschämt, dass ich die Unterhaltung nicht weiterführte.

Ich denke, dass es doch ein paar Leute gibt, die einem eine genaue Beschreibung ihrer selbst geben können. Oftmals im Zug in oder aus der Stadt heraus oder während ich durch die Straßen schlendere, denke ich über mich selber nach: Was sein könnte, wenn – finanziell gesprochen – es darauf hinauslaufen würde. Ich stelle mir vor, wie ich mich unter verschiedenen Umständen verhalten werde: beim Erhalt eines großen Erbes oder im Falle einer ganz besonders pfiffigen Eingebung, wenn ich zum Teilhaber einer Gesellschaft würde oder gar, wenn ein tollwütiger Stier die Straße herangerast käme.

Man könnte sagen, dass ich ein richtiges Studium meiner selbst anfertige.

Ich habe von Zeit zu Zeit die wichtigsten Ereignisse unseres Ehelebens – Eliza und mich betreffend – auf Papier fest gehalten und diese präsentiere ich Ihnen, geneigter Leser, geneigte Leserin, in diesem Büchlein.

Ich denke, diese zeigen, wie ein Mann mit sehr begrenztem Einkommen – und ohne gelegentliche Unterstützung von Elizas Mutter weiß ich nicht, wie wir bisher ausgekommen wären – in großem Maße Ehrbarkeit zu wahren, Geschmack und Ansichten zu zeigen und seine Ehefrau und sein Haus zu führen vermag.

Je mehr ich über mich nachdenke, desto mehr – das sage ich in aller Bescheidenheit – scheint die Sache sich weiterzuentwickeln. Ich würde mich selbst als vielseitig und in vielerlei Hinsicht als anders als gewöhnliche Männer bezeichnen. Nehmen wir mal, zum Beispiel, die Frage nach dem Geschmackssinn. So mancher würde es kaum für lohnenswert erachten, so eine kleine Sache wie den Geschmackssinn auch nur zu erwähnen: Doch ich tue es.

Ich bin nicht wohlhabend, aber das, was ich besitze, das besitze ich gerne zu dekorativen Zwecken – allerdings dies nicht zu aufdringlich. Erst neulich kam die Frage nach Gläsertüchern für die Küche auf, und obschon jene mit dem roten Rand drei Pence das Dutzend teurer waren als die schlichten, orderte ich diese ohne zu zögern. Zwar tauschte Eliza sie am nächsten Tag wieder um – gegen meinen Willen –, darüber hatten wir dann eine Auseinandersetzung, aber das ist nicht der Punkt.

Der eigentliche Punkt ist der, dass, wenn Ihr Sinn für Geschmack in Angelegenheiten wie Gläsertüchern auftaucht, wird er ebenso in Sesselauflagen für den Salon und höher stehenden Dingen auftauchen.

Ich kann mich nur wiederholen: Gewöhnliche Männer - Männer, die sich wahrscheinlich als meinesgleichen bezeichnen würden – verwenden nicht genug Obacht auf Ehrbarkeit.

Überall um mich herum sehe ich, wie Leute Wetten auf Pferderennen abschließen, am Sonntag ihre Hosen überprüfen, im Vorgarten ihre Wäsche hängen und Whiskey mit Soda stehen haben, die Stufen an ihrem Haus nicht

ordentlich geweißt sind und der Türgriff nicht
den Anforderungen entspricht.

Ich könnte auf Häuser zeigen, wo späte Stunden an Sonntagen so sehr die Regel sind, dass
die Dame des Hauses in ihrem Schlafrock hin-
unterkommt, um die Milch hineinzuholen,
dessen, da bin ich mir sicher, Eliza eher sterben
würde als solcherlei zu tun.

Es gibt Familien – in meiner eigenen Nachbar-
schaft, es tut mir leid dies zu sagen -, wo die
Kamine nicht regelmäßig gefegt werden und das
Bier in hellem Tageslicht geholt wird und wo
die Anwesenheit an einer Andachtsstätte am
Sonntag eher die Ausnahme denn die Regel ist.

Da wiederum ist Sprache ein bedeutender
Punkt: Meiner Ansicht nach zeichnet nichts
einen ehrbaren Mann mehr aus als den Gebrauch der vornehmen Sprache. Es mag wohl
mal Anlässe gegeben haben, als übermäßige
Provokation mich zum Gebrauch bedauerli-
cher Ausdrücke gebracht hatte, jedoch sind
dieser Anlässe nur wenige gewesen.

In der Regel umgehe ich nicht nur Profanes,
sondern ebenso alles Saloppe.

Mir versagt das Verständnis dieser Gewohnheit,
jene die heutige Generation sich gebildet hat, so

manche abgedroschene Floskel aufzunehmen
und diese jahrein, jahraus zu gebrauchen.
Vor einigen Wochen wurde ich sehr verärgert
durch die Art und Weise, wie einige der Angestellten die Floskel „What, ho, she bumps!"*
gebrauchten.

---

* In etwa mit „Hey, wer kommt denn da angerollt?" zu
übersetzen. Dies war größtenteils ein Begriff im Ersten
Weltkrieg, besonders angewandt gegenüber der deut-
schen Flugabwehr-Artillerie. Einzige mögliche Etymolo-
gie für diesen Ausdruck ist, dass er von einem berühm-
ten Varieté Lied mit dem Refrain „Archibald, certainly
not" stammt (Kumpel Dialekt): „*Over the railways and
over the dumps, over the Hun and the Turk, You´ll hear
him mutter, 'What, ho, she bumps' when the Archies get
to work.*" Bestätigt in zahlreichen Quellen (übernommen
von *Glossary of Slang and Peculiar Terms in Use in the
A.I.F.*/          http://andc.anu.edu.au/australian-words/aif-
slang/annotated-glossary). B*ump* wird hier mit *anrollen*
übersetzt, bezogen auf den Gebrauch des Begriffs während des Weltkrieges wegen des Gebrauchs von Pan-
zern, die „anrollen".

Wenn man sie dann fragt, wer anrollt oder wie oder warum, haben sie keine Antwort darauf, sondern biegen sich vor dümmlichem Lachen. Wahrscheinlich wird diese Floskel vergessen sein, noch ehe sie in den Zeitungen erscheint und eine andere ebenso lächerliche wird ihren Platz einnehmen.

Es ist nicht vernünftig. – Was das Schlimme ist, es ist meiner Ansicht nach unehrenhaft.

Denken Sie nur nicht, dass ich humorvolle Konversation missbillige. Das ist etwas völlig Anderes. Ich selbst habe früher einmal humorvolle Bemerkungen geäußert, doch meist eher welche der zynischen und sarkastischen Art. Ich habe mein Zuhause sehr gern und jede kleine Ergänzung zu seinem Mobiliar oder zu seiner Dekoration bereitet mir aufrichtige Freude.

Sowohl im eigenen Heim als auch in unserer Art zu leben, gibt es viele Verbesserungen derer ich, unter finanziellen Gesichtspunkten, verhindert bin, sie auszuführen.

Wäre ich ein reicher Mann, so wären die Salonwände ein einziger Wust an Gemälden. Wenn ich Geld besäße, könnte ich dieses umsichtig und ohne jede Absurdität ausgeben. Ich würde unsere Adresse in goldenen Lettern auf

das Briefpapier prägen lassen und Stiefelspan-
ner gebrauchen und niemals ohne Kuchen im
Hause sein, für den Fall, dass ein Freund auf
einen Tee hereinschneit.
Noch würde ich darüber nachsinnen, ein zusätzliches sauberes Paar Manschetten unter der
Woche aufzutragen, falls genehm.
Wir würden zwei Diener beschäftigen.
Ich bin an Dramen interessiert, wenn schon
ernstzunehmende, und Eliza würde sich zwei
oder drei Mal im Monat Zeit für den ersten
Rang nehmen. Unser Vorort besitzt eine Ei-
senbahnverbindung, die für das Theater besonders praktisch ist. Eliza würde dann eine
elegante Bluse tragen – sie teilt meine Abnei-
gung gegen alles am Hals Ausgeschnittene -,
einen Regenmantel und einen Matrosenhut;
wobei sie die beiden Letzteren vor dem Eintre-
ten zu entfernen hat.
Ich würde ihr ihre Abendschuhe in einer hüb-
schen Tasche aus Strick tragen.
Wir haben oft darüber geredet.
Merkwürdigerweise besitzt sie diese Tasche
bereits, obgleich wir selten eine Gelegenheit
haben, sie auf diese Weise zu verwenden.
Ohne Zweifel gibt es viele andere Innovatio-

nen, welche ich, bei entsprechenden Mitteln, hier vorbringen könnte.

Doch ich habe genug gesagt, um aufzuzeigen, dass alles in die Richtung Vornehmheit und Eleganz geht und dass das Geld nicht für Dummheiten oder Untugenden ausgegeben werden würde.

Als Elizas Ehemann sollte ich vielleicht ein oder zwei Worte über sie verlieren.

Sie ist eine Dame hoher Prinzipien und großer Geschäftigkeit. Wegen meiner täglichen Abwesenheit in der Ausübung meines Berufes, ist sie darum gebeten, viele Fragen zu klären: Wie zum Beispiel neulich, als die Frage aufkam, wie hoch die Spende – im Falle einer – für die örtliche Feuerwehr ausfallen sollte, wo ein Wort des Rates von mir nützlich gewesen wäre.

Wenn auch nicht unbedingt unabhängig, so ist sie bestimmt nicht das, was man als Klette beschreiben würde. In der Tat geht sie zuweilen von sich aus auf eine Reihe von Tätigkeiten ein, ohne mich davon in Kenntnis zu setzen, wo ihr mein Rat doch vollkommen zur Verfügung steht und sie vielleicht vor einer Blamage bewahren würde.

Letztes Jahr füllte sie den Kohlekeller (unge-

wöhnlich groß für diese Art von Haus) zu recht
hohen Sommerpreisen auf. Zweifellos dachte
sie, sie ließe Sparsamkeit walten. Jedoch hatte
sie mit einem Kohlehändler verhandelt, der
keinen Kredit gewährt, ein Mann, der Sofort-
zahlung verlangt und zusieht, dass er diese auch
erhält. Und dann, nun ja, ich brauche hier nicht
ins Detail zu gehen, erwies sich dies als ausgesprochen unbequem für mich.

Sie verlor diese alberne Ausgelassenheit, die
mehr ihr Charakterzug während unserer Verlo-
bungszeit war, und wenn dies die Folgen der
ernüchternden Auswirkungen einer Verbin-
dung eines ausgeglichenen und beständigen
Charakters sind, bin ich nicht gerade unzufrie-
den damit.

Sie selber sagt, es sei die Arbeit, jedoch wissen
es die Frauenzimmer nicht immer. Auch ist ihr
Gemüt heute möglicherweise leichter erregbar
als es damals war, wenn ich sie mal auf so manche Dinge hinweise. Ich würde sagen, dass sie
weniger ambitioniert war als ich selber.

Ich erwähne diese kleinen Vorkommnisse ganz
und gar nicht, um Makel an ihr zu finden. Im
Gegenteil, ich besitze eine sehr hohe Meinung
von Eliza.

Wir sind kinderlos.

Mit diesen wenigen einleitenden Worten, geneigter Leser, geneigte Leserin, stoße ich die Haustüre auf, um einen metaphorischen Ausdruck zu verwenden, und lade Sie ein, um einige Szenen unseres häuslichen Lebens mitzuerleben, die ich von Zeit zu Zeit schriftlich festgehalten habe.

# Die Karten

Vor etwa einem Jahr hatten Eliza und ich eine kleine Meinungsverschiedenheit. Ich erwähnte ihr gegenüber, dass wir keine Visitenkarten besäßen.

„Natürlich nicht", sagte sie. „Bloß der Gedanke daran."

Sie sprach recht hastig.

„Warum sagst du `natürlich nicht´?", entgegnete ich ruhig. „Visitenkarten sind, so glaube ich, normal unter Ladys und Gentlemans."

Sie sagte, sie sähe nicht, was das damit zu tun habe.

„Es hat einfach so viel damit zu tun", antwortete ich, „dass ich nicht beabsichtige, noch einen einzigen Tag länger ohne Visitenkarten herumzulaufen."

„Weshalb?", fragte sie. „Wir besuchen nie jemanden und niemand besucht uns."

„Ist Miss Sakers niemand?"

„Nun, sie hat bislang noch keine Karte dagelassen. Sie ist in der Tat von Haus aus eine Lady und kann dies auch bekunden. Sie bittet einfach das Dienstmädchen darum, mir mitzuteilen, dass sie hier gewesen ist und es ist nicht von Belang, wenn sie mich nicht antrifft. Wenn sie ohne Karten auskommt, können wir das auch. Du solltest dich besser an sie halten."

„Ich danke dir. Ich habe meine eigenen Vorstellungen von Anstand und übernehme diese nicht von Miss Sakers. Ich werde noch heute Morgen fünfzig Karten je Sorte bei Amrod´s bestellen."

„Das wären dann Hundert verwendete Karten."

„Entweder kannst du nicht zählen", sagte ich, „oder du musst noch lernen, dass es drei Sorten Karten gibt; die die von verheirateten Leuten verwendet werden: also jene Karte für den Ehemann, jene Karte für die Ehefrau und die Karte beider Namen darauf."

„Red nur weiter!", sagte Eliza. „Besorg auch eine Karte für die Katze. Sie kennt mehr Katzen als wir Leute kennen."

Ich hätte eine ziemlich spitze Antwort geben können, zog es jedoch vor, absolut still zu bleiben. Ich dachte, es würde Eliza vielleicht zeigen, dass sie dabei war, recht ordinär zu werden. Stille ist oft der beste Tadel.

Allerdings fuhr Eliza fort: „Mutter würde es
hassen, das weiß ich. Über Karten zu sprechen,
wenn der letzte Haufen Kohle noch nicht bezahlt ist. Ich nenne es Lasterhaftigkeit."
Ich schritt einfach aus dem Haus, geradewegs
hinunter zu Amrod´s und bestellte jene Visitenkarten. Wenn die Zeit reif ist ein Machtwort
zu sprechen, kann ich es im Allgemeinen genauso wie die meisten Leute.
Mit niemandem könnte es einfacher sein zu
leben denn mit mir und ich bin sicher, Eliza
befand dies genauso, jedoch denke ich, wenn
ein Mann nicht Herr in seinem eigenen Hause
ist, wo ist er es dann?

Während ich wartete, druckte Amrod´s die
Visitenkarten.
Ich ließ sie im Altenglischen Stil anfertigen. Ich
schlug einige kleine Verzierungen vor, um
ihnen eine Note zu verleihen – ein Efeu-Blatt
am Rande oder einen kleinen Schnörkel unter
dem Namen - , doch Amrod sprach dagegen.
Er schien der Auffassung, dass dies sehr unpas-
send sei und es zusätzliches Geld gekostet hätte. Zudem hatte er nichts Derartiges vorrätig.
So ließ ich es sein.

Die Karten, wie sie waren, sahen sehr gut aus.
Ein wenig zu schlicht und formell vielleicht,
aber sehr sauber (ausgenommen der wenigen,
wo die Tinte verwischt war) und sehr zufriedenstellend für die eigene natürliche Selbstachtung.
Am Abend nahm ich eine kleine Schachtel,
welche zuvor Kerzen enthalten hatte, und ver-
packte darin einige sorgfältig ausgewählte Blumen aus dem Garten sowie eine unserer Karten. Genau über die Namen schrieb ich auf die
Karte *Mit den herzlichsten Grüßen von* und
verschickte diese an Elizas Mutter.
So weit nahm Elizas Mutter daran Anstoß, dass
sie Eliza ein Geschenk in Form eines Geldgut-
scheins über fünf Shilling und einem Paket mit
drei Pfund gepressten Rindfleisches und einer
nett verarbeiteten Schürze zuschickte.
Beim Überfliegen jenes Satzes erkenne ich,
dass es, möglicherweise, ein wenig doppeldeutig
ist.
Der Geldgutschein war allein für die Shillinge –
nicht für das Rindfleisch oder die Schürze.
Ich erwähne dieses Ereignis nur deswegen, um
zu verdeutlichen, dass es einerlei ist – in diesem
Fall -, wer von uns beiden – Eliza oder ich –
Recht hat.

Ich legte ein paar Karten für mich selbst in
meinen Setzkasten und die übrigen wurden in
einer Schublade verstaut. Einige Wochen darauf war ich verärgert, als ich Eliza dabei antraf,
wie sie einige von ihren Karten zum Seideauf-
wickeln verwendete. Sie sagte, dass es diese
nicht davon abhalten würde, sie je wieder gebrauchen zu können, falls sie denn je er-
wünscht gewesen wären.
„Verzeihung", entgegnete ich, „aber Visitenkarten, die für gesellschaftliche Zwecke eingesetzt
werden, sollten nicht an den Kanten verbogen
oder zerfasert sein. Dies erscheint wohl kaum
zu anständig. Tu mir einen Gefallen und mach
das nie wieder!"

An jenem Abend berichtete mir Eliza, dass das
Haus Nummer 14 in der Crescent Street an
Leute namens Popworth vergeben wurde.
„Das muss der junge Popworth sein, der früher
mal in unserem Büro gearbeitet hat", sagte ich.
„Ich habe gehört, dass er dieses Jahr vorhat zu
heiraten. Gewiss musst du dort vorbeischauen
und Visitenkarten dalassen."
„Welche Sorte und wie viele?"
„Ohne es in einem Buch nachzuschlagen kann

ich es schwerlich so präzise sagen. Diese Dinge sind vielmehr eine Sache des Geschmacks. Lasse genug da; sagen wir, eine je Sorte für jede Person in dem Haus. Hier sollte es keine Einschränkung geben."

„Wie soll ich wissen, wie viele Personen dort leben?"

„Frage den Metzger mit wem sie verkehren."
Am darauffolgenden Tag bemerkte ich, dass Popworth zu Geld gekommen sein musste bei so einem großen Haus und ich hoffte, dass Eliza die Visitenkarten dagelassen hatte.

„Ich fragte den Metzger und er sagte, dass es einmal Popworth waren, seine Frau, zwei Schwestern, ein deutscher Freund und elf Kinder. Das wären dann sechzehn Personen und zusammen achtundvierzig Karten. Wie du siehst, erinnere ich mich an deine Regelung."

„Meine liebe Eliza", sagte ich, „ich sagte dir doch so deutlich wie möglich, dass es eine Sache des Geschmacks wäre. Du hättest nicht achtundvierzig Karten auf einen Schlag weggeben sollen."

„Oh, ich konnte nicht fortwährend hin- und herlaufen und mal hier, mal da einzelne Karten auf einmal vergeben. Ich habe noch anderes zu tun. Es befinden sich noch drei Paar deiner Socken im Korb, die darauf warten, gestopft zu werden, so wie es aussieht.“

„Aber – ach du liebe Zeit! Dieser Popworth kann unmöglich mein Popworth sein. Wenn er erst dieses Jahr heiratet, kann er natürlicherweise nicht elf Kinder haben. Und ein Haus wie das unsere kann von keinem Haus wie jenem aufgesucht werden, es sei denn, es gibt dafür eine Rechtfertigung.“

„Genau das dachte ich mir auch schon.“

„Weshalb um alles in der Welt hast du sie denn dann aufgesucht?“

„Habe ich nicht. Wer sagt, dass ich es getan habe?“

Ich seufzte vor Erleichterung.

Später am jenem Abend, als Eliza eine Karte nahm, ein Stück von jeder Seite herausriss und begann, Seide daran aufzuwickeln, dachte ich bei mir, dass es klüger wäre, nichts dazu zu sagen.

Manchmal ist es besser, so zu tun, als sähe man manche Dinge einfach nicht.

# Elizas Mutter

Zu Anfang jedes Dezembers schicke ich Eliza in der Regel zu ihrer Mutter, damit diese mit ihr einen Tage verbringt und versucht, sie ein wenig aufzuheitern.

Ich wage zu behaupten, dass die alte Dame sehr einsam ist und den gut gemeinten Gedanken dankbar annimmt. Das Hin- und Rückfahrtticket kostet vier Shilling und zwei Pence und Eliza kauft meist noch einige Blumen zum Mitnehmen. Bei fünf Shilling bleibt da am Ende des Tages nicht mehr viel übrig, doch es geht mir nicht ums Geld. Für gewöhnlich versucht Elizas Mutter – ohne es direkt zu erfragen – herauszufinden, was wir wohl gern als Weihnachtsgeschenk hätten.

Tatsächlich erzählt – oder gibt gar Hinweise – Eliza es ihr nicht; sie tat solcherlei Dinge nicht gern.

Doch bekommt sie es stets hin, es sie – auf taktvolle Art und Weise – wissen zu lassen. So zum Beispiel vorvorletztes Jahr, als Elizas

Mutter zufällig sagte: „Ich bin gespannt, ob ihr wisst, was ich euch dieses Jahr zu Weihnachten schenken werde."

Eliza entgegnete: „Ich kann es an deinen Augen erkennen, Mutter, und tu es bloß nicht. Es ist viel zu teuer. Wenn andere Leute ohne versilberte Salzstreuer auskommen können, nehme ich an, dass wir das auch können."

Nun ja, wir bekamen eben diese – das lief also bestens.

Doch letztes Jahr war es schon schwieriger.

Wissen Sie, früh im letzten Dezember ging ich meine Bücher durch und ich konnte erkennen, dass ich knapp dran war. Zum einen, da Eliza die Masern gehabt hatte.

Dann hatte ich ein Fahrrad gekauft und obgleich ich dieses verkaufte, brachte es, in jenem kaputten Zustand, nicht genug ein, um die Entschädigung für den Kutscher zu zahlen.

Ich war sehr verärgert darüber.

Es stimmte, dass ich mit dessen Pferd kollidierte. Doch war es nicht meine Schuld, dass dieses durchging und in den Laternenpfahl rannte. So sagte ich zu dem Mann – ziemlich schroff –, als ich ihn bezahlte, dass, wenn sein Pferd ruhig

gewesen wäre, diese Sache niemals passiert
wäre. Er wusste nichts darauf zu antworten und
machte dumme Bemerkungen über mein feh-
lendes Können, einen Mangel zu lenken.
Sowohl da als auch zum Zeitpunkt dieses Un-
falls war seine Sprache respektlos und profan.
Jedoch brauche ich dies nicht näher zu erläutern. Es genügt zu sagen, dass wir einige unge-
wöhnliche Ausgaben hatten und deutlich knapp
dran waren.

„Ich mache dich nicht dafür verantwortlich,
Eliza", sagte ich. „Alles was du gehabt hattest,
war gar kein Problem."

„Ich habe überhaupt nichts gehabt, außer den
Masern", sagte diese, „und ich verstehe nicht,
wie du mich dafür verantwortlich machen
kannst."

„Und doch", entgegnete ich, „ist es, wie ich
denke, allerhöchste Zeit, dass du deiner Mutter
einen Besuch abstattest und ihr zeigst, dass wir
sie nicht vergessen haben. Nimm einige Bis-
kuitrollen mit für etwa sechs Pence. Versuche,
alles für sie ein wenig heiterer aussehen zu lassen. Falls sie Weihnachten erwähnt und du
sähest deine Gelegenheit, um einen Scheck von
ihr dieses Jahr zu erhalten anstelle eines ihrer

gewöhnlichen Geschenke, solltest du das tun.
Zeige ihr aber, dass wir sie wirklich gern haben;
denk dran, sie ist deine Mutter und hat wenig
Freuden. Gerade jetzt einen Fünfpfundschein
zu erhalten würde für mich einen großen Unterschied machen und sogar ein paar 20-
Shilling-Münzen wären sehr praktisch.“

Als Eliza zurückkehrte, erkannte ich an ihrem
Gesicht, dass alles bestens war.
„Ich habe gar nichts sagen müssen“, sagte sie.
„Mutter erzählte mir aus freien Stücken, dass
sie wisse, dass du Geldsorgen hättest und dass
sie die Weihnachtszeit nutzen wird, um dich
von diesen auf eine Art und Weise – jene du
wann anders zu stolz sein könntest, sie anzunehmen – zu entheben.“
„Das“, sagte ich herzlich, „ist sehr umsichtig
von ihr und sehr feinfühlig und dies kann nur
eines bedeuten: Es erledigt sich für mich. Dieses Jahr, Eliza, werden wir deiner Mutter ein
Geschenk machen; nur eine Kleinigkeit, selbstverständlich, von etwa zwei Shilling. Es wird ein
Gutschein sein und diesen wird sie wertschät-
zen.“
Als ich aus der Stadt heimkehrte, sah ich, dass

Eliza eine kleine weiße Vase für einen Shilling
und zwei Pence erworben hatte. Der Verkäufer
im Laden erzählte ihr, dass dies Alabaster sei.
Ich hatte da so meine Zweifel, jedoch war die
Vase ebenfalls nach meinem Geschmack: etwas
streng und antik. Ich lobte Eliza für ihre Wahl.
Drei Tage vor Weihnachten erhielt ich einen
Brief von Elizas Mutter. Sie schrieb, dass sie
befürchtet hatte, dass ich besorgt sei wegen
meiner Schulden über vier Pfund, dreizehn
Shilling und neun Pence bei ihr. Sie nutzte die
Weihnachtszeit, um meine Schuldscheine zu-
rückzuzahlen und bat mich, die Schuld als be-
glichen zu betrachten.
Das war keinesfalls das, was ich erwartet hatte.

„Nein", sagte ich beim Frühstück zu Eliza, „ich
bin nicht im Geringsten wie ein Brummbär und
ich wäre dir dankbar, wenn du diesen Ausdruck nicht verwendest. Was die Gefälligkeit
deiner Mutter anbelangt, bin ich erfreut, dass
du denkst, es sei eine. Ich würde es nicht anders wollen. Wenn du kein geborener Dumm-
kopf wärst, würdest du nicht so denken. Meine
Schuld bei deiner Mutter wäre beglichen worden bis ... nun, beglichen zu gegebener Zeit.

Dadurch, dass sie mich daran erinnerte, dass
ich ihr Geld schulde, hatte sie mich praktisch
dafür gemahnt und mich gedrängt, ihr dieses
zur ungünstigsten Zeit zurückzuzahlen. Sie
kommt, um mir mit ihrem dreckigen Geld zu
Weihnachten in den Ohren zu liegen und du
nennst das `Gefälligkeit´! Gefälligkeit! Hah!
Oh, hahaha!"
„Mach nicht solch dumme Geräusche und fah-
re mit deinem Frühstück fort!", sagte Eliza.
Anschließend fragte sie mich, ob ich noch immer beabsichtigte, ihrer Mutter die kleine Vase
zu schicken.
„Oh ja!", sagte ich. „Wir können es uns ja leisten. Für uns bedeutet das ja gar nichts."
Eliza, die das nächste Wort, welches ich gebrauchte, völlig missverstand, stand auf und
sagte, dass sie sich nicht in einem Zimmer auf-
halten wolle, in welchem ihre arme Mutter be-
schimpft würde.
„Das Wort, das ich gebrauchte", sagte ich ruhig, „war Alabaster. Und nicht das, was du
denkst."
„Dafür hast du es aber ganz genau wie das andere Wort ausgesprochen."
„Ich sprach es auf exklamatorische Art und

Weise aus", entgegnete ich, „aus Verachtung! Du kommst mir gar so vor, als wolltest du unbedingt Böses denken. Und dies nicht zum ersten Mal."

Eliza bat um Verzeihung.

Fakt ist, ich habe wirklich Alabaster gesagt. Doch sagte ich dies mit Nachdruck und ich gebe zu, dass dies meinen Gefühlen Luft machte.

Im Allgemeinen bewahrten wir die versilberten Salzstreuer in einer Schublade in Elizas Kleiderschrank auf. Ich würde es vorziehen, diese täglich zu gebrauchen oder jedenfalls sonntags. Doch Eliza meint, dass sie nur Arbeit machen.

„Mutter hat mir geschrieben", sagte sie am folgenden Tag, „um uns mitzuteilen, dass sie mit uns am Weihnachtstag dinieren möchte. Ich sollte lieber die versilberten Salzstreuer herunterbringen."

„Du solltest sie wohl lieber *aufbauen*", sagte ich bedeutungsvoll. Ich weiß, es klang recht verbittert. Doch gestehe ich, dass ich schon immer eine Schwäche für Witze mit Biss hatte.

Nun gut, es ist nicht wirklich dazu gekommen. Man gestattete mir, ein paar Pfund im Voraus im Büro zu beziehen. Ich schätze dort weiß man, dass, wenn man einen tüchtigen Mitarbeiter hat, es der Mühe wert ist, für ihn ein Auge zu zudrücken, um diesen zu halten. Nicht, dass ich gar diktatorisch wäre; es war offensichtlich, dass ich dies als Gefallen erbat. Doch ich meinte, dass unser Direktor erkannte, dass ich kein Mann für Spielchen war.

Elizas Mutter dinierte mit uns und brachte ein paar Enten mit. – Gewissensbisse, würde ich behaupten.

Im Moment dieser Niederschrift ist meine finanzielle Lage absolut gesund, selbst wenn Elizas Mutter mich dazu drängte, ihr Geschenk an mich als Schuldrückzahlung (sieben Pfund, neunzehn Shilling, fünf Pence) zu verwenden – obgleich ich denke, dass sie ihrerseits unehrenhaft ist – sollte ich nicht ernstlich beleidigt sein. Allerdings geht Eliza früh im Dezember zu ihr, um Sauciere (vernickelt) vorzuschlagen, beziehungsweise, sie wird diese möglicherweise erwähnen, falls es dazu kommt.

# Miss Sakers

Samstags komme ich immer früh aus dem
Büro nach Hause zurück.

Als ich so die Straße entlangkam an diesem
besonderen Samstagnachmittag, blickte ich zu
unseren Kaminen. Ich befand es als sehr eigen-
artig, doch, um mich zu vergewissern, öffnete
ich, sobald ich ins Haus trat, die Salontüre.

Es war genauso, wie ich dachte.

Ich rief ziemlich schroff die Treppe hoch nach
Eliza.

Sie kam herunter und fragte: „Nun, was gibt es
denn?"

Ruhig antwortete ich: „Was es gibt? Jane ist
ganz offensichtlich übergeschnappt, das ist alles." (Jane ist der Name unseres Hausmäd-
chens.)

Eliza sagte, dass sie das nicht so empfinde und
fragte mich, was das Mädchen denn getan habe.

Ich muss schon sagen, dass ich einen Anflug
von Sarkasmus in mir verspürte; es würde jedem Mann so ergehen.

Ich entgegnete: „Oh, gar nichts. Sie hat lediglich den Kamin im Salon angemacht und nicht nur das, sondern sie stopfte ihn voll mit Kohle. Soweit ich mir bewusst bin, ist heute nicht Sonntag."

Es ist bei uns die Regel, den Kamin im Salon nur sonntags zu gebrauchen. Wir sind recht alleinig und einige andere Leute scheinen recht viel auf sich zu halten und zwischen diesen beiden haben wir nicht viele Besucher.

Falls dann jemand kommt, ist es für Eliza immer ein Leichtes zu behaupten: „Das Hausmädchen hat dummerweise vergessen, hier den Kamin zu entfachen. Wollen wir nicht hinüber ins Speisezimmer gehen?"

Ich hasse alles Verschwenderische.

„Gerade in diesem Augenblick", fügte ich hinzu, „steigt das Feuer im Salon halb den Kamin hinauf. Es scheint, als könnten wir es uns leisten, eine halbe Tonne Kohle für nichts zu verwenden. Ich kann nicht gerade sagen, dass ich mir dem bewusst war."

„Du *bist* sarkastisch!", sagte Eliza. „Ich weiß immer, wann du sarkastisch sein willst, weil du dann deine Augenbrauen bewegst und sagst „mir ist bewusst", anstelle von „ich weiß". Ich sagte Jane, dass ich das Feuer selber entfache."

„Darf ich fragen, warum?"

„Miss Sakers kommt vorbei. Sie schickte mir am Morgen eine Nachricht, um mir dies mitzuteilen."

„Das lässt die Sache gleich in einem anderen Licht erscheinen. Sehr taktvoll von ihr, uns ihre Absicht vorab angekündigt zu haben. Ich mache mir nichts aus einer Handvoll Kaminfeuer, wenn es dafür einen Grund gibt. Ich bitte nur darum, dass es einen Grund geben sollte."

Miss Sakers ist die Tochter des Pfarrers. Genau genommen nehme ich an, dass ihre gesellschaftliche Stellung die unsere übersteigt. Ich weiß mit Sicherheit, dass sie auf Bällen für den Landadel gewesen war. Sie schien ängstlich, eine Vertrautheit mit uns zu pflegen, wie ich mir daraus erschloss. Ich war ohne Absurdität froh darüber. Jeder hat seine Stellung. Außerdem begegnen wir im Büro häufig Leuten, die weit höher stehen, als Miss Sakers. Ein Adliger, der vorbeigekommen war, um einen der Geschäftspartner anzutreffen, bemerkte einmal mir gegenüber: „Ihr Büro liegt für aller Herren Länder teuflisch weit entfernt!" Es gab keinen besonderen Grund, warum er mit mir

hätte sprechen sollen, doch er schien dies zu wünschen. Hinterher war es keine große Sache, dass Miss Sakers Befürchtungen hegte, uns besser kennen zu lernen.
Gleichzeitig gebe ich nicht vor, dass ich unerfreut darüber gewesen bin.
Ich ging in den Salon und legte mehr Kohle auf.
„Wird es eine Gesellschaft?", fragte ich.
„Ganz und gar nicht. Sie kommt als bloße Freundin."
Ich ging hinauf und wechselte meine Kleidung. Dann kaufte ich einige Blumen, die ich in Vasen im Salon platzierte. Eliza brachte zwei Sorten Kuchen herein und ich fügte noch ein Tablett verschiedenster Biskuits, aus meiner eigenen Pflicht heraus, hinzu.
Außer diesem tat ich nichts an Vorbereitung und wünschte, die Sache so simpel und zwanglos wie möglich zu halten.

Der Nachmittagstee verlief soweit erfolgreich. Miss Sakers würde einen Stand auf dem Basar zugunsten der neuen Kirche haben und so versprach ich ihr zunächst fünf Shilling, machte anschließend jedoch sieben Shilling und sechs

Pence daraus. Obgleich nicht mehr jung, so ist Miss Sakers' Wesen sehr angenehm.

Nach dem Tee widmeten sich Miss Sakers und Eliza ihrer Handarbeit. Miss Sakers fertigte etwas aus Strick an. Ich konnte nicht erkennen, was Eliza machte. Sie hielt es, fast schon unter den Tisch, versteckt.

Um die Konversation vor dem Stocken zu bewahren, sagte ich: „Eliza, Liebes, an was arbeitest du da?"

Sie warf mir einen finsteren Blick zu, schüttelte leicht den Kopf und fragte Miss Sakers nach dem Sonderprediger für das Dreikönigsfest am Sonntag.

Ich erriet sofort, dass Eliza wohl etwas für Miss Sakers' Stand auf dem Basar anfertigte und vorhatte, dies geheim zu halten.

Ich lächelte. „Miss Sakers", sagte ich, „ich weiß zwar nicht, was Eliza gerade anfertigt, aber ich bin mir ziemlich sicher, dass es für Sie ist."

Es herrschte Totenstille.

Miss Sakers und Eliza erröteten.

Dann sagte Miss Sakers, ohne mich anzusehen: „Ich glaube, da irren Sie sich."

Ich war mir so sicher, dass ich mich irrte, dass auch ich errötete.

Eliza versteckte eilig ihre Arbeit im Handarbeitskorb und sagte: „Es ist hier sehr einengend. Lassen Sie sich von mir in unserem kleinen Garten herumführen."

Ohne Notiz von mir zu nehmen traten sie hinaus.

Da noch nicht viel vom Kaffee und Kuchen abbekommen, schnitt ich mir selber ein weiteres Stück Kuchen ab.

Während ich so dabei war, kamen Miss Sakers und Eliza zurück und Miss Sakers verabschiedete sich sehr kühl von mir. Ich bot ihr an, meinen Basar-Beitrag auf zehn Shilling zu erhöhen, doch schien sie mich nicht gehört zu haben.

„Wie konntest du so etwas sagen?", sagte Eliza, als Miss Sakers gegangen war. „Es war unfassbar taktlos und nicht sehr nett."

„Ich dachte, du arbeitest an etwas für den Basar. Was hast du denn sonst gemacht?"

Sie sagte es mir nicht direkt, doch deutete sie es auf delikate Weise an.

„Nun", sagte ich, „selbstverständlich hätte ich nicht die Aufmerksamkeit darauf gelenkt, wenn ich das gewusst hätte. Doch denke ich nicht, dass du diese Arbeit hättest tun sollen, als Miss Sakers hier war."

„Ich habe keine Zeit zu verschwenden und ich mache meine immer selber. Ich war äußerst bedacht darauf, sie versteckt zu halten. Du bist sehr taktlos."

„Ich halte nicht viel von dieser Miss Sakers", sagte ich. „Warum sollten wir diese Kosten auf uns nehmen" – ich deutete auf die Kuchen – „für diese Art von Frau?"

# Das Orchestrion

Das Orchestrion* befand sich auf dem Basar
am Stand von Lady Sandlingbury.
Ihre Ladyschaft kam auf die freundlichste Art
und Weise auf Eliza zu und sagte: „Mein liebes
Fräulein, ich bin davon überzeugt, dass Sie ein
Orchestrion benötigen. Es ist das süßeste Instrument auf der Welt im Wert von fünf Pfund.
Für einen Shilling haben Sie die Möglichkeit,
dieses zu erwerben. Es wird verlost."
Eliza lehnt alles Glücksspielerische aus Prinzip
ab. Doch da dies für die *Deserving Inebriates*
war, also einer guten Sache diente, zahlte sie
ihren Shilling. Sie gewann das Orchestrion und
ich trug es für sie nach Hause. Sechs Melodien
wohnten dem Orchestrion inne und jede einzelne befand sich auf einem Zettel perforierten
Papieres.

---

* mechanisches Musikinstrument, gleicht einer Spieluhr

Alles was man tun musste war, einen Zettel einzulegen und die Federung zu betätigen. Wir versuchten es zunächst mit *The Dandy Coloured Coon.* Es spielte gewiss etwas, doch war es nicht richtig. Es gab keine erkennbare Melodie wieder. „Dieses funktioniert ganz und gar nicht“, sagte ich. „Vielleicht ist der Zettel dieser Melodie beschädigt oder so“, sagte Eliza. „Versuch mal eine andere.“ Ich legte *The Lost Chord* und *The Old Folks At Home* ein und beide erwiesen sich als völliger Reinfall: Ein komplettes Durcheinander an Noten ohne jede Melodie darin. Ich gebe zu, dass mich dies aufregte. „Siehst du, was du getan hast?“, sagte ich. „Du hast einen Shilling verpulvert. Nichts ist idiotischer als etwas zu kaufen, ohne es vorher auszuprobieren.“ „Warum hast du mir das denn nicht vorher gesagt?“, sagte Eliza. „Ich glaube nicht, dass damit wirklich etwas nicht ganz stimmt ... nur eine Kleinigkeit, die durcheinander geraten ist und wieder richtig gesetzt werden kann.“

„Nicht stimmen! Aber sicher! Es stimmt hinten und vorne nicht. Nicht mal ein Brocken der Melodie kommt richtig heraus. Ich werde es

Lady Sandlingbury sofort zurückbringen."
„Oh, tu das nicht!" Doch mein Entschluss
stand fest und so ging ich zurück zum Basar
geradewegs auf Lady Sandlingbury zu. Eliza
wollte mich nicht begleiten. „Ich bitte Ihre
Ladyschaft um Verzeihung", sagte ich, „aber
Ihre Ladyschaft gab mir dieses Orchestrion und
Ihre Ladyschaft wird es wohl wieder zurück-
nehmen müssen."
„Du meine Güte! Was ist denn los?"
Ich setzte das Instrument in Gang und ließ es
sie selber hören. Sie lächelte und wandte sich
einer anderen Lady zu, die ihr dort aushalf.
Diese andere Lady war jung und sehr hübsch,
aber besaß diese einen amüsierten Gesichts-
ausdruck spöttischer Art und eine schleppende
Weise zu sprechen. Beides war für mich überaus abscheulich.
„Edith", sagte Lady Sandlingbury, „hier steht
ein zorniger Gentleman, der vorhat, uns beide
ins Gefängnis zu bringen, da wir ihm ein
schlechtes Instrument verkauft haben. Er sagt,
es funktioniere nicht."
„Ist egal, oder?", sagte die andere Lady. „Ich
meine, solange es denn überhaupt spielt, verstehen Sie." Bei dieser ziemlich dummen Be-

merkung lachten beide ohne mich überhaupt anzusehen.

„Ich möchte keineswegs unfreundlich wirken, Ihre Ladyschaft", sagte ich, „jedoch wurde dieses Instrument zur Verlosung im Wert von fünf Pfund angeboten und es ist nicht mal fünf Shilling wert."

„Nun kommen Sie", sagte Lady Sandlingbury.

„Ich werde Ihnen fünf Shilling dafür geben. Hier haben Sie es. Nun können Sie Ihr Geld glücklich ausgeben gehen."

Ich bedankte mich.

Sie nahm das Orchestrion und ließ es laufen. Es spielte einwandfrei. Nichts hätte perfekter klingen können.

„Diese Instrumente laufen besser", sagte sie, „wenn man das Ende nicht fälschlicherweise zuerst einlegt, sodass das Instrument rückwärts spielt."

„Ich denke Ihre Ladyschaft hätte mir das vorher mitteilen sollen", sagte ich.

„Oh! Sie waren so zornig und Sie haben mich nicht gefragt. Edith, Liebes, geh und sei höflich zu den Leuten, damit sie Lose für eine weitere Verlosung kaufen."

„Ich nenne sowas unsaubere Geschäfte", sagte

ich, „wenn nicht gar ganz schlimme und –."
Hier unterbrach mich die andere Lady.
„Könnten Sie bitte gehen, wenn Sie nichts kaufen möchten? Vielen Dank!"
Ich ging.
Inzwischen bedaure ich dies sehr.
Ich denke, es wäre würdevoller gewesen, wenn ich dort stehengeblieben wäre und mich ihnen widersetzt hätte.
Eliza schien zu denken, dass ich mich selbst lächerlich gemacht habe. Ich stimme ihr nicht zu. Ich denke allerdings tatsächlich, dass, wenn Angehörige des Adels einen gemeinsamen Betrug in der Unterstützung einer Wohltätigkeit verüben, zeigen diese damit, dass die gesellschaftliche Stellung nicht alles ist.
Falls Miss Sakers uns fragt, ob wir nächstes Jahr zum Basar gehen, um die *Deserving Inebriates* zu unterstützen, habe ich Eliza angewiesen zu sagen: „Nicht, wenn Lady Sandlingbury und ihre Freundin dort ihren Stand haben."
Ich lehne es auf positive Weise ab, ihnen zu begegnen und mich interessiert es keine Zweipence, ob sie das wissen.

# Der Tonic Portwein

Wir betreiben einen großen Exporthandel (das heißt, die Firma betreibt einen) und oft liegen Proben im Büro herum.

Dort befand sich mal eine Flasche Tarret´s Tonic Portwein, die schon einige Zeit dort lag, und einer der Geschäftspartner sagte zum Bürovorsteher, dass er diesen haben könne, wenn er ihn möchte. Später am Tag sagte mir der Bürovorsteher, falls ich den Tarret´s Tonic Portwein irgendwie verwenden könne, dürfte ich diesen mit nach Hause nehmen. Er meinte, er habe diesen gerade erst geöffnet und probiert, da er es nicht mochte, etwas weiterzuverschenken, ohne zu wissen, ob damit alles in Ordnung sei.

Ich dankte ihm. „Dieser schmeckt", begann ich, „wie jeder andere normale Portwein, nehme ich an?"

„Nun ja", entgegnete er, „dieser ist mehr ein Stärkungswein denn ein gewöhnlicher Wein. Aber das ist eben etwas, das man schon vom Etikett der Flasche her erwartet."

„Sehr richtig", sagte ich, „sehr richtig." Ich besah mir das Etikett und las auf diesem, dass der Wein sehr reich an Phosphaten war. Ich steckte die Flasche an jenem Abend in meine Tasche und nahm sie mit nach Hause.

„Eliza", sagte ich, „ich habe dir ein kleines Präsent mitgebracht: Eine Flasche Portwein." Eliza trinkt überhaupt nur äußerst selten, doch wenn sie es tut, dann ein Glas Portwein. In dieser Hinsicht bewundere ich ihren Geschmack. Portwein, wie ich ihr so manches Mal zu sagen pflege, ist der König unter den Weinen. Wir entschieden, uns nach dem Abendessen ein Glas zu genehmigen. Das ist wahrhaftig die beste Zeit, etwas Derartiges zu sich zu nehmen: Wein beruhigt die Nerven und beugt Schlaflosigkeit vor.

Eliza nahm die Flasche in die Hand und besah sich das Etikett.

„Was!", sagte sie. „Du sagtest doch, es sei Portwein!"

„So ist es."

„Hier steht Stärkungswein auf dem Etikett."

„Nun, Stärkungswein *ist* konkret gesagt Portwein. Das heißt, es ist Portwein mit den Beifügungen von ... äh ... Phosphaten."

„Was sind Phosphate?"

„Oh, davon gibt es eine ganze Menge, weißt du. Es gibt Chinin natürlich und Magnesium und ... und so weiter. Lass mich dir etwas einschenken."

Sie nahm ein ganz kleines Schlückchen. „Diesen hier würde ich nicht unbedingt als angenehmen Wein bezeichnen", sagte sie. „Es brennt so."

„Ah!", machte ich. „Das sind die Phosphate. Das könnte ein wenig davon kommen. Aber das ist nicht die Art und Weise, wie man einen Portwein erschmeckt. Was du tun solltest, ist, einen großen Schluck zu nehmen und diesen im Mund um die Zunge herumzurollen – dann erhältst du das Aroma. Schau, so geht das."

Ich nahm einen großen Schluck.

Als ich aufgehört hatte zu husten, sagte ich, dass ich nicht gewusst habe, dass dieser Wein komplett verdorben war, man jedoch auf sowas gefasst sein musste.

Es hatte mich ziemlich unerwartet getroffen. Eliza sagte, dass das sehr wahrscheinlich der Fall war und fragte mich, ob ich noch Wert darauf legte mein Glas zu leeren, da ich wüsste, wie dessen Inhalt schmeckte.

Ich erwiderte, dass dies nicht gerade eine gerechte Kostprobe sei, einen Portwein unmittelbar, nachdem er durchgeschüttelt worden war, zu versuchen. Ich würde die Flasche für ein oder zwei Tage stehenlassen. Dann nahm ich Elizas Glas und das meine und leerte den Rest im Garten aus. Dies tat ich, da ich nicht wollte, dass unser Dienstmädchen davon probiert, wenn sie es wegräumt und sich möglicherweise einen Schluck genehmigt.

Am nächsten Morgen sah ich, dass zwei unserer besten Geranien über Nacht eingegangen waren. Ich sagte, dass dies schier unerklärlich sei. Eliza sagte nichts.

Einige Abende später fragte Eliza mich, ob ich nicht dächte, dass der Tonic Portwein nun lange genug gestanden hätte.

„Ja", sagte ich. „Ich werde ihn dir dekantieren und dann, falls Miss Sakers vorbeikommt, könntest du ja gedankenlos sagen, dass du gerade dabei wärst, dir ein Glas Portwein zu genehmigen und du dich freuen würdest, wenn sie ein Glas mittränke."

„Nein, danke", sagte sie. „Ich möchte Miss

Sakers nichts vormachen.“
„Du könntest erwähnen, dass dieser reich an
Phosphaten sei. So würdest du ihr nichts vor-
machen.“
„Also, ich möchte nicht die wenigen Freunde,
die wir haben, verlieren.“
„Wie du willst, Eliza. Es kommt einer Schande
gleich, mehr als die Hälfte der Flasche von gu-
tem Wein zu verschwenden.“
„Einer Flasche was?“
„Du hast schon verstanden was ich gesagt ha-
be.“
„Nun, dann trink sie doch alleine, wenn du es
so magst.“

Einige Wochen später fand ich die Flasche
Tarret´s Tonice Portwein immer noch auf der
Anrichte stehen. Diese gab ich unserem
Dienstmädchen mit der Erklärung, dass dessen
Inhalt besser mit Wasser zu vermischen wäre.
Es bestand weiter das Risiko ihrer erworbenen
Trinkgewohnheiten, doch fiel mir sonst keiner
ein, dem ich es hätte geben können.
An jenem Abend fand Eliza diese weinend in
der Küche vor. Als Eliza sie fragte, was denn
los sei, antwortete diese, dass es ihr lieber wäre,

darauf nichts zu erwidern, sie jedoch wünschte,
am Monatsende zu gehen.

Natürlich machte Eliza mich dafür verantwortlich, allerdings habe ich dem Mädchen, so
deutlich wie ich nur sprechen konnte, erklärt,
dass dieser ein Wein war, welcher eine Ver-
dünnung erforderlich machte.

Wie auch immer, Eliza überredete sie, weiter
da zu bleiben.

Am darauffolgenden Tag schwor das Mädchen
dem Alkohol ab und schien auch sonst in vielerlei Hinsicht verändert. Sie stellte die Flasche,
in welcher noch mehr als die Hälfte übrig war,
zurück auf die Anrichte.

Daraufhin ereignete sich nichts mehr im Zu-
sammenhang mit dem Tonic Portwein. Bis zu
jenem Tag, als ich bemerkte, dass unsere Katze
(die erst kürzlich ihre Kätzchen verloren hatte)
sich in einem erbärmlichen Gesundheitszu-
stand befand. Ich gab ihr einige Löffel Tonic
Portwein in etwas Milch. Sehr zu meiner Überraschung schleckte sie dies gierig auf.

Anschließend hatte ich ein oder zwei Kleinig-
keiten im Garten zu erledigen und als ich zu-
rückkam, sagte Eliza, dass die Katze ein so

enorm merkwürdiges Verhalten an den Tag
legte, dass sie den Eindruck hatte, es sei das
Beste, sie im Kohlekeller einzusperren.
Ich ging, um nach ihr zu sehen und fand diese
auf dem Boden liegend vor – tot. Sie hatte einen überaus glücklichen Ausdruck auf ihrem
Gesicht. Eliza und ich bedauerten sehr, sie verloren zu haben.
Ich befand es für das Beste, nichts von dem
Portwein zu erzählen. Doch die Flasche war
von der Anrichte verschwunden. Eliza sagte, sie
habe diese weggeräumt, um weitere Unfälle zu
vermeiden.
Ich erzählte dem Bürovorsteher davon, doch
dieser lachte nur auf dümmste Art und Weise.
Meines Erachtens ist er ein überaus ungezoge-
ner Mensch.

# Der Gentleman von Adel

Einem unserer jüngeren Angestellten, einem
Mann mit Namen Perkins, wird nachgesagt,
Beziehungen zu höheren Kreisen zu besitzen.
Gewiss bringt er mehr als sein Gehalt auf und
trägt selten an zwei hintereinander folgenden
Tagen die gleiche Hose. Jedoch bin ich weder
ein Snob noch jemand, der viel Wert auf sowas
legt und ich hatte niemals je eine Beziehung
zum jungen Perkins gepflegt. Folglich überraschte es mich überaus, als er mich seinem
Freund, dem Ehrenwerten* Eugene Clerrimount vorstellte. Daraufhin erinnerte ich
mich an das, was man sich über Perkins´ Beziehungen erzählte. Der Ehrenwerte Eugen
Clerrimount war ein gutaussehender junger
Mann, auch wenn er offensichtlich von Pickeln
geplagt wurde.

---

* Titel für den Sohn eines Barons; trägt das Präfix
„Hon.“ im Englischen für „The Honourable“: der Ehrenwerte.

Sein Betragen hatte es in sich, was ich wohl als
schneidig bezeichnen sollte. Er besaß kein
Fünkchen Affektiertheit – aber Menschen von
hohem Stand brauchen auch keine Affektiertheit, wie ich immer schon bemerkt habe. Er
trat so auf, als mochte er mich sehr und bestand darauf, dass wir drei ausgehen und zusammen ein Glas trinken sollten.

Dies ist etwas, was ich wirklich niemals tue,
aber aus diesem Anlass erlaubte ich mir, mich
dazu überreden zu lassen. Da ich nicht Bier
erwähnen wollte, sagte ich, dass ich ein Glas
Sherry nehmen würde. Nichts hätte freundli-
cher und angenehmer sein können als sein
Verhalten mir gegenüber – er war ganz und gar
nicht hochnäsig. Hinterher stellte sich heraus,
dass der Ehrenwerte Eugene Clerrimount seine
Geldbörse vergessen und Perkins zufällig kein
Geld für ihn dabei hatte. Daher zahlte ich für
die Drinks und lieh dem Ehrenwerten Eugene
Clerrimount zudem ein Zweieinhalbshillings-
tück für seine Droschke.

Es war, in der Tat, solch eine Freude, so zu
handeln.

Er dankte mir herzlich und sagte, dass er mich
gern näher kennenlernen würde. Ob er mich

vielleicht am folgenden Samstagnachmittag bei mir zu Hause aufsuchen könne?

Wie es der Zufall wollte, trug ich zufällig eine Visitenkarte bei mir und überreichte sie ihm mit den Worten, dass es in der Tat eine Ehre wäre.

„Danke“, erwiderte er, „und dann kann ich Ihnen diese Zehnshillinge hier, oder was immer das ist, zurückzahlen.“

„Nur vier Shillinge“, entgegnete ich, „und ich bitte Sie, dies nicht zu erwähnen.“

Eliza war im Gegensatz zu mir gewiss weniger erfreut darüber, als sie hörte, dass der Ehrenwerte Eugene Clerrimount zu Besuch käme.

Sie sagte, dass er ganz in Ordnung sein könnte, oder auch nicht und dass wir überhaupt nichts über ihn wüssten.

Ich erwiderte: „In jenem Stand weiß man wechselseitig nichts von dem jeweils anderen. Denn es ist nicht notwendig.“

„Oh!“, sagte sie. „Wirklich nicht? Nun denn, ich bin zufällig kein Graf.“

Und wirklich hatte ich am Samstagmorgen die größte Schwierigkeit, Eliza dazu zu bringen, sich ein wenig um den Salon zu bemühen; so bat ich um nichts mehr als um gründliches Staubwischen, um Chrysantheme und dem Öffnen der Rollläden.

Für den Nachmittagstee bot ich meine ganze Verantwortung an.

Es gab Bedenken darüber, wie das Mädchen den Gast ankündigen sollte: als den Ehrenwerten Mr. Clerrimount oder den Ehrenwerten Eugene Clerrimount oder als Mr. Ehrenwürden Clerrimount. „Sie sagt am besten alle drei, eine nach der anderen", sagte Eliza bissig.

Ich umging diese Schwierigkeit und erzählte dem Mädchen, wenn sie die Salontüre öffnete, lediglich zu sagen: „Ein Gentleman wünscht Sie zu sehen."

Ich bin vielmehr jemand, der über kleine Hintertüren nachdenkt, die aus einer Schwierigkeit herausführen.

Eliza wollte wissen, zu welcher Zeit er kommen würde.

Ich entgegnete, dass er nicht vor drei oder nach sechs kommen könne, weil das gegen die Etikette verstoße.

„Angenommen, er käme versehentlich fünf Minuten vor drei", sagte Eliza. „Würde er dann auf unseren Eingangsstufen sitzen bis die Uhr

drei schlägt und dann erst klingeln?“
Ich war wirklich dabei meine Geduld mit Eliza
zu verlieren. Wie dem auch sei, um drei Uhr
hatte ich Eliza im Salon mit einem Magazin
und einem Brieföffner neben ihr, so, als habe
sie gelesen. Eigentlich war sie dabei, Socken zu
stopfen, doch diese konnten leicht in einem
leeren Kunstblumentopf versteckt werden,
wenn es an der Vordertüre klingelte. Wir saßen
bis sechs im Salon, doch, merkwürdig genug;
der Ehrenwerte Eugene Clerrimount kam nie.


Das Trifle*, das ich für den Sandkuchen und
die Makronen verbraucht hatte, bedeutete
nichts, doch verletzte es meine Gefühle, dass er
es noch nicht einmal der Mühe wert erachtet
hatte, seine Unfähigkeit, seinen Termin nicht
einhalten zu können, zu erklären.

---

* englische Süßspeise/Nachtisch: geschichtetes Dessert
aus in Alkohol eingeweichten Löffelbiskuits, Erdbeeren,
Vanillepudding und Schlagsahne mit Schokoraspeln.

Und am Montag sagte ich zu Perkins recht
schroff: „Da war ja noch die Sache mit den vier
Shillingen Ihres Freundes. Das Geld habe ich
nicht erhalten und ich wäre Ihnen dankbar,
wenn Sie sich darum kümmern könnten."
„Was?", sagte Perkins. „Sie baten meinen
Freund und mich mit Ihnen einen trinken zu
gehen und dann wollen Sie, dass ich ihn wegen
des Geldes, dafür zu zahlen, ermahne? *Men-
schenskinder*!"
Oh, die ganze Sache war höchst unbefriedigend
und unfassbar!

# Der Hut

Ich habe schon lange geglaubt, dass etwas nicht ganz mit meinem Hut stimmte.

Ich konnte nichts beweisen, aber doch besaß ich keinen Zweifel daran, dass das Mädchen sich seine Freiheiten damit herausgenommen hatte. Es ist zum Beispiel ganz leicht einen Zylinder auf die falsche Art und Weise abzubürsten, aber Zylinder bürsten sich selber nicht auf die falsche Art und Weise ab. Ist es passiert, muss es irgendjemand getan haben.

Morgen für Morgen fand ich Flecke auf meinem Hut vor, die ich mir nicht erklären konnte. Nun, ich sagte dazu nichts, aber ich entschloss mich dazu, meine Augen offen zu halten. Es ging nicht nur um die Verletzung am Hut, es ging um die Impertinenz mir gegenüber, die sich auf mich auswirkte.

Eines Samstagnachmittages, während ich daheim war, stand ein Straßenhändler mit Walnüssen an der Türe. Das Mädchen öffnete die Türe und bald darauf sah ich, wie der Händler

und sein Wagen am Fenster des Speisezimmers
vorbeiging. Ich weiß nicht warum oder wie,
aber ein Verdacht kam über mich. Ich trat ge-
wieft zur Türe und sah hinaus auf den Gang.
Dort war niemand.
Die Vordertüre stand offen und die Küchentü-
re stand offen und an der Stelle zwischen den
beiden, gegen den Schirmständer, befand sich
... etwas Schlimmeres als ich es je erwartet hätte.
Ich hob den Hut so auf wie er war, mit den
Walnüssen darin, und platzierte ihn auf dem
Tisch im Speisezimmer. Dann rief ich Eliza, sie
möge herunterkommen.
„Was ist los?", fragte sie als sie das Speisezimmer betrat.
Ich zeigte auf den Hut. „Diese Sache hier",
sagte ich, „geht schon seit Jahren so vor sich!"
„Oh, rede keinen Unsinn!", sagte sie. „Was
meinst du?"
„Unsinn!", sagte ich. „Du bittest mich darum,
keinen Unsinn zu reden, wenn ich meinen eigenen Hut auf dem Boden im Gang vorfinde
und dieser als ... als Behälter für Walnüsse
verwendet wird!"
Sie lächelte. „Ich kann das alles erklären", sagte

sie.

„Daran hege ich keinen Zweifel, dass du das kannst. Mir hängen diese Erklärungen zum Hals raus. Ich gebe zehn oder elf Shillinge für einen Hut aus und finde ihn ruiniert vor. Ich kenne solche Erklärungen. Du sagtest dem Mädchen, sie solle Walnüsse kaufen und sie hatte nichts anderes da, wo sie diese hineintun konnte und der Hut lag griffbereit da. Aber wenn du glaubst, dass ich das als Entschuldigung annehme, liegst du falsch."

„So etwas wollte ich ja überhaupt nicht sagen."

„Oder ansonsten willst du mir sagen, dass du ein Stück weißes Papier einfügen kannst, sodass man die Flecken am Futterstoff nicht sieht. Erklärungen – in der Tat!"

„Und das wollte ich auch nicht sagen."

„Mir ist es egal was du sagen willst. Ich will es nicht hören. Dafür gibt es keine Erklärung. Ausnahmsweise einmal beabsichtige ich einen Standpunkt zu vertreten. Siehst du den Hut? Ich kann ihn niemals wieder tragen!"

„Ich weiß."

„Niemand kann ihn mehr tragen! Mich kümmern die Ausgaben nicht! Wenn du es vorziehst, das Dienstmädchen meinen Hut ruinie-

ren zu lassen, dann sollte der Hut auch ruiniert sein – wenn dann richtig!" Ich nahm den Hut und versetzte diesem einen gehörigen, harten Tritt. Mein Fuß ging durch ihn durch und die Walnüsse flogen durch das ganze Zimmer. Im selben Moment hörte ich aus dem Salon ein entferntes Pling-Pling-Pling auf dem Piano. „Ja", sagte Eliza. „Das ist der Klavierstimmer. Er kam gleichzeitig mit dem Walnuss-Mann und kaufte jene Walnüsse. Und diese legte er in seinen Hut. *Seinen* Hut allerdings, nicht *deinen*. Dein Hut hängt wie immer an seinem Platz. Du hättest ihn gesehen, wenn du hinge-schaut hättest. Nur bist du –."
„Eliza", sagte ich, „du brauchst nichts mehr zu sagen. Wenn dem so ist, ist das Dienstmädchen weit weniger dafür verantwortlich zu machen als ich angenommen habe. Ich muss nun hinaus-gehen, aber vielleicht schaust du im Salon vor-bei und erklärst dem Stimmer, dass es da ein kleines Missverständnis mit seinem Hut gege-ben hatte. Und, sagen wir, ein Glas Bier und zwei Shilling dürften reichen, was du ihm anbie-ten solltest."

# Mein Vermögen

Das Mädchen hatte soeben das Abendessen weggeräumt. Wir essen recht früh zu Abend, denn ich mag lange Abende.

„Nun, Eliza", sagte ich, „du nimmst deine Arbeit auf – deine Näharbeit oder was immer es sein mag – und ich werde die meine aufnehmen. Ja, ich habe sie mitgebracht und sie wird mir als Überstunde angerechnet werden. Ich glaube gar, dass es dir nicht viel erscheint – jede Menge Ärger und nur ein paar Shillinge, die man letzten Endes vorweisen kann -, aber das ist nunmal die Art, wie man ein Vermögen macht: durch Dranbleiben und durch Dransteckenbleiben, wenn ich diesen Ausdruck verwenden darf."

„Der Tisch ist leergeräumt, wenn du beginnen möchtest", sagte Eliza.

„Also gut", entgegnete ich und holte meine schwarze Tasche aus dem Gang, um die Geschäftsbücher weiterzuführen, an jenen ich arbeitete. Ich hänge die Tasche immer an den

Aufhänger im Gang, direkt unter meinen Hut. Dann ist er dort an jedem Morgen, wann und wo man ihn braucht.

Ein System in den kleinen Dingen zu halten war schon immer gern eine Devise von mir.

„Es hat mich schon so manches Mal beeindruckt, Eliza“, sagte ich, als ich mit der Tasche in den Händen zurück in das Speisezimmer trat, „dass du nicht so viel liest, wie ich es gern von dir sehen würde.“

„Nun ja, du batest mich darum, meine Arbeit aufzunehmen und die Socken hier sind deine und ich habe noch nie gewusst, was du tatsächlich willst.“

„Ich meinte nicht, dass ich möchte, dass du in diesem Augenblick liest. Aber es gibt da ein Buch; ich kann seinen Titel nicht genau benennen und den Namen des Autors habe ich vergessen, welches ich gerne hin und wieder in deiner Hand sehen würde, weil es davon handelt, wie man ein Vermögen macht. Es zeigt dir auf praktische Art und Weise wie es geht.“

„Hat dieser Mann, der es schrieb, denn eines gemacht?“, fragte Eliza.

„Das, da ich den Namen des Mannes nicht kenne, kann ich nicht ganz sicher sagen.“

„Nun, das würde ich zuvor wissen wollen.
Möchtest du nicht anfangen?“
„Ich kann wohl kaum anfangen ohne meine
Tasche aufgeschlossen zu haben und ich kann
meine Tasche nicht aufschließen ohne die
Schlüssel und ich kann die Schlüssel nicht verwenden ohne diese aus dem Schlafzimmer zu
holen. Versuche ein wenig vernünftiger zu
sein.“
Ich konnte die Schlüssel im Schlafzimmer nicht
finden.
Dann ging Eliza hinauf und diese konnte die
Schlüssel ebenfalls nicht finden.
Aus einer Art Versehen heraus waren sie schon
die ganze Zeit in meiner Westentasche. La-
chend bemerkte ich, dass ich wusste, dass ich
sie als Erster finden würde. Eliza schien recht
bockig, da der Witz gegen sie gerichtet war.
„Der Grund, warum ich das Buch erwähnte“,
sagte ich, als ich die Tasche aufschloss, „ist der,
weil es aufzeigt, dass es zwei Möglichkeiten gibt,
ein Vermögen zu machen. Die eine ist, wenn
ich das so sagen darf, meine eigene Art und
Weise – durch System in kleinen Dingen,
durch Zeiteinsparung, durch das Erledigen jeg-
licher Art Arbeit und – .“

„Du wirst heute Abend nicht viel gearbeitet bekommen, wenn du nicht bald anfängst", sagte Eliza.

„Ich mag es nicht, wenn man mich inmitten eines Satzes unterbricht. Die andere Möglichkeit, durch welche man ein Vermögen machen kann ist die, nun ja, eben kein Vermögen zu machen. Das Vermögen macht dich, wenn du verstehst."

„Tu ich nicht", sagte Eliza.

„Ich meine, dass das Vermögen durch einen glücklichen Zufall von selbst kommen könnte. Zufall ist eine sehr eigenartige Sache. Wir können es nicht verstehen. Es hat keinen Zweck darüber zu sprechen, da es einfach unmöglich ist, es zu begreifen."

„Dann lass uns nicht darüber reden, besonders wenn du etwas anderes zu tun hast."

„Jähzorn, Jähzorn, Eliza! Du musst dich davor hüten. Ich war nicht dabei über Zufall zu reden. Ich war dabei, dir ein Beispiel von Zufall zu vermitteln, das zufällig mal in meiner eigenen persönlichen Erfahrung vorkam. Es ist der Fall eines Mannes mit Namen Chumpleigh, in unserem Büro und wird dich wahrscheinlich interessieren und amüsieren. Ich weiß nicht, ob ich je Chumpleigh dir gegenüber erwähnt habe."

„Ja, du hast mir schon mehrere Male alles über ihn erzählt."

Ich mag Chumpleigh Eliza gegenüber mal erwähnt haben, aber ich bin sicher, dass ich ihr niemals alles über ihn erzählt habe. Allerdings war ich nicht dabei eingeschnappt zu werden und so erzählte ich ihr die Geschichte noch einmal.

Die Geschichte wäre nicht so lang geworden, wenn sie mich nicht so häufig unterbrochen hätte.

Als ich geendet hatte, sagte sie, dass es Zeit wäre ins Bett zu gehen und ich den Abend verschwendet hätte.

Ich gab zu, dass ich möglicherweise viel länger geplaudert hatte als ich beabsichtigte, doch wollte ich weiterhin diese Geschäftsbücher erledigt bekommen und so blieb ich auf, um daran zu arbeiten.

„Und das bedeutet zusätzliches Gas", sagte Eliza. „Das ist eine Möglichkeit Gas zu verprassen." „Es gibt viele Männer an meiner Stelle", begann ich, „die es ablehnen würden, so spät noch aufzubleiben, um zu arbeiten. Ich nicht.

Warum? Aus Prinzip. Nur aufgrund der Bemühung um solche Dinge, die ich zu tun pflege, gelangt man zum Vermögen. Denk doch, was Vermögen für uns bedeuten würde: Ein großes Haus, ein riesiger Garten, Diener, Kutschen. Ich würde von einem Tag mit den Jagdhunden heimkehren und vielleicht sagen, dass ich mich so geschafft fühle, dass ich gern ein Glas Champagner trinken würde. Keine Frage der Kosten, kein Wort davon, Geld spielt keine Rolle. Du musst die Flasche bloß von der Anrichte nehmen, so wie mein Glas und wir leerten diese in der Küche und – ."

„*Willst* du nun anfangen oder nicht?", fragte Eliza.

„Augenblick", erwiderte ich und öffnete die schwarze Tasche.

Ich prüfte sorgfältig den Inhalt.

„Nun", sagte ich, „das ist in der Tat eine sehr sonderbare Begebenheit, ganz unerklärlich! Ich erinnere mich nicht, so etwas in der Art je zuvor getan zu haben, aber es scheint, als habe ich vergessen, meine Arbeit aus der Stadt mitzubringen. Du meine Güte! Demnächst werde ich noch meinen Kopf vergessen."

Elizas Antwort, dass dies kein großer Verlust

wäre, erschien mir weder lustig noch höflich noch besonders wahr. „Du vergisst dich komischerweise noch selbst", entgegnete ich und drehte das Gas erbost zu.

# Shakespeare

„Erscheint es dir nicht auch wie eine Schande, diese langen Winterabende vergeudet dahinschwinden zu lassen?", führte ich zu Eliza sagend – ganz und gar nicht in klagendem Ton – an.

„Ja, Liebster", erwiderte sie, „ich finde, du solltest dich beschäftigen."

„Und du ebenfalls. Ist es nicht so, Liebling?"

„Für gewöhnlich gibt es noch Näharbeit zu tun oder die Bücher."

„Ja schon, aber diese Dinge schulen den Geist nicht."

„Bücher schon."

„Nicht so, wie ich es meine." Nun kam mein Einsatz: „Wie wäre es, wenn ich dir vorlesen würde? Ich glaube nicht, dass du mich je hast vorlesen hören. Du magst das Theater und wir können es uns oft nicht leisten hinzugehen. Dies würde es ausgleichen. Es gibt viele Männer, die dir erzählen würden, dass sie lieber ein Stück vorgetragen bekommen hätten als sich dieses als Spiel im schönsten Theater der Welt anzusehen."

„Das würden sie? Nun, vielleicht, wenn ich nur nähen würde, unterbräche mich dies nicht sonderlich."

Ich entgegnete: „Das ist nicht sehr liebenswürdig ausgedrückt, Eliza. Es erfordert ein gewisses Geschick im Vorlesen. Manche besitzen ein solches, manche nicht. Ich weiß nicht, ob ich es dir je erzählt habe, aber, als ich ein zwölfjähriger Junge war, gewann ich mal einen Preis im Vortragen, obwohl mehrere ältere Jungs gegen mich antraten."

Sie sagte, dass ich es ihr zuvor mehrere Male erzählt hätte.

Ich fuhr fort: „Und ich vermute, dass ich mich seitdem weiterentwickelt habe. Ein Mann in unserem Büro erzählte mir einst, dass er glaube, dass ich sehr erfolgreich auf der Bühne geworden wäre. Ich weiß nicht, ob ich es je erwähnt habe."

Sie sagte, dass ich es ein oder zwei Mal erwähnt hatte.

„Ich hatte gedacht, dass du froh über ein kleines Vergnügen wärst, so unschuldig, rentabel und unterhaltsam. Wenn du jedoch findest, dass ich dazu nicht fähig sei –.“

„Was möchtest du denn lesen?“

„Was möchtest du denn, dass ich lese?“

„Miss Sakers lieh mir dies.“ Sie gab mir einen in Papier umschlagenen Band mit dem Titel „The Murglow Mystery“ oder „The Stain On The Staircase“.

„Schund wie dieser hier ist keine Literatur“, sagte ich. Um sie jedoch zu erfreuen, überflog ich die erste Seite. Eine halbe Stunde später sagte ich, dass ich es sehr bedauerte, aus einem Buch dieser Art vorzulesen.

„Warum liest du es denn dann für dich selber weiter?“

„Genau genommen lese ich gar nicht. Ich überfliege es.“

Als Eliza aufstand um zu Bett zu gehen, fragte sie mich anschließend eine Stunde später danach, ob ich es noch immer überfliege.

Ich behielt Fassung.

„Versuche, nicht so teuflisch vernünftig zu sein“, sagte ich. „Wenn Miss Sakers uns ein Buch ausleiht, ist es doch unhöflich, es sich nicht anzuschauen.“

Am darauffolgenden Abend sagte Eliza, dass sie hoffte, dass ich nicht bis drei Uhr am Mor-

gen aufbleiben, Gas verschwenden und meine
Gesundheit ruinieren werde, um über einem
Buch zu sitzen, von dem ich selber sagte –
„Und wer bezahlt das Gas?“
„Niemand hat bisher dieses vom letzten Quar-
tal  bezahlt. Mutter kann nicht alles machen
und -.“
„Nun, darüber können wir ein andermal reden.
An diesem Abend werde ich dir aus einem
Stück von Shakespeare vorlesen. Ich frage
mich, ob du überhaupt weißt, wer Shakespeare
war?“
„Natürlich weiß ich das.“
„Kannst du ehrlich von dir sagen, je eines – nur
eines – seiner Tragödien gelesen zu haben?“
„Nein, du etwa?“
„Ich werde dir aus „Macbeth“ vorlesen und
versuchen, durch Verstellen meiner Stimme,
erkennen zu lassen, welcher Charakter gerade
spricht.“ Ich schlug das Buch auf.
Eliza sagte, dass sie nicht erkennen könne, wer
spricht und nahm ihre Schere auf.
„Ich kann nicht anfangen ehe du Ruhe gibst“,
sagte ich.
„Es ist schon die zweite, die diese Woche ver-
schwindet.“

„Also bitte sehr!", sagte ich und schlug das
Buch mit einem Knall zu. „Ich werde dir diesen Abend ganz bestimmt nicht vorlesen. Du
magst mit genauso auskommen, wie du es auch
ohne kannst."
„Du bist sicher, dass du die Schere nicht für
irgendetwas weggenommen hast?", entgegnete
sie nachdenklich.

„Also jetzt", sagte ich am nächsten Abend, „ich
bin bereit zum Anfangen. Die Tragödie trägt
den Titel „Macbeth". Dies ist die erste Szene."
„Was ist die erste Szene?"
„Ein verdammtes Heideland."
„Nun, ich finde du könntest eine höfliche Antwort auf eine höfliche Frage geben. Es gab keinerlei Anlass dieses Wort zu gebrauchen."
„Das tat ich nicht."
„Oh doch. Ich habe es deutlich gehört."
„Lass mich erklären. Shakespeare ist es, der
dieses Wort gebraucht. Ich habe ihn nur zitiert.
Es bedeutet bloß –."
„Oh, wenn es Shakespeare sagt, nehme ich an,
ist es in Ordnung. Niemand scheint etwas da-
gegen zu haben, was *er* sagt. Du kannst fortfah-
ren."

Ich las eine Weile. Eliza, als Antwort auf meine Frage, gab zu, dass sie es genossen hatte, aber ging sie doch vor ihrer gewohnten Zeit zu Bett.

Als ich mich aufs Vorlesen für den folgenden Abend vorbereitete, konnte ich unser Exemplar von Shakespeare nicht finden. Dies war sehr ärgerlich, da es ein Hochzeitsgeschenk gewesen war. Eliza sagte, dass sie ihre Schere wiedergefunden hatte und höchstwahrscheinlich würde ich Shakespeare an einem anderen Abend finden. Aber das tat ich nie. Ich hatte mir schon überlegt, eine neue Ausgabe zu kaufen oder ich wage zu sagen, Elizas Mutter würde uns gerne eine schenken.
Eliza glaubt das nicht.

# Das ungelöste Problem

„Eliza“, sagte ich eines Abends, „denkst du, dass du mich mehr magst, als ich dich oder dass ich dich mehr mag als du mich?“

Sie antwortete „was ist dreizehn weniger achtundzwanzig?“, ohne vom Geschäftsbuch hochzusehen.

„Ich würde denken“, sagte ich, „dass, wenn ich mit dir spreche, du die Höflichkeit besitzen könntest, dem ein wenig Aufmerksamkeit zu schenken.“

Sie antwortete: „Ein Pfund, fünfzehn Shilling und zwei Pence. Und ich hoffe, du weißt, wo wir das herbekommen sollen, denn ich weiß es nicht. Und schlag nicht so albern auf dem Tisch herum oder du wirst noch die Tinte ver-schütten.“

„Ich habe nicht geschlagen. Ich habe leicht geklopft, aus einer entschuldbaren Ungeduld heraus. Ich habe dir vor einiger Zeit eine klare Frage vorgebracht und ich erhielt gerne eine klare Antwort darauf.“

„Nun, worüber willst du denn reden, wo du

doch siehst, dass ich rechne? Also, was ist?"

„Was ich fragte, war dies: Finde ich, ich meine, findest du, dass ich mich mehr mag, nein, du mich mehr magst, also, ich fang nochmal an. Wer von uns beiden denkst du, mag den anderen mehr, ach, verflixt nochmal, du weißt, was ich meine!"

„Nein, das tue ich nicht. Aber es ist nichts, weshalb man fluchen sollte."

„Ich habe nicht geflucht. Wenn du nicht weißt, was ich meine, dann versuche ich es einfacher auszudrücken. Magst du mich mehr? So."

„Mehr als was?"

„Mehr als der jeweils andere."

„Du meinst, ob jeder von uns den anderen lieber hat als der andere den ... jeweils anderen?"

„Ich meine nichts dergleichen. Ehe du es durcheinander gebracht hast, war die Sache völlig klar. Aber - wir zwei sind zwei, oder nicht?"

„Natürlich, ich weiß das, aber -."

„Eine Sekunde, bitte. Ich beabsichtige, dass du mich diesmal verstehen sollst. Welcher der beiden, würdest du sagen, hat den anderen lieber als der andere den anderen oder würdest du sagen, dass jeder den anderen gleich lieb hat als der andere den anderen? Jetzt verstehst du es."

„Fast. Sag es nochmal."

„Würdest du sagen, dass, deiner Meinung nach, keiner von uns den anderen lieber mag als beide den anderen oder dass einer den anderen lieber hat als der andere den ersten, und falls ja, wen?"

„Jetzt hast du es komplett vermurkst. Ich glaube kaum, dass du selber weißt, was du meinst. Nun komm zum Abendessen und rede keinen Unsinn."

Ich lächelte zynisch als ich mich zum Abendessen niedersetzte.

„Dies überrascht mich nicht im Geringsten", bemerkte ich. „Ich habe bislang noch keine einzige Frau gekannt, die diskutieren konnte oder gar den ersten Schritt in eine Diskussion verstand und ich vermute, das werde ich auch niemals."

„Nun", sagte Eliza, „man kann nicht diskutieren ehe man weiß, worüber geredet wird und ich weiß nicht, worüber geredet wird und du scheinst es selber auch nicht zu wissen oder, falls doch, bist du zu durcheinander, um es jemandem mitzuteilen. Wenn du diskutieren willst, dann diskutiere mal über einen Pfund, fünfzehn Shilling und zwei Pence. Es ist von Griffiths und schon dreimal geschickt worden."

„Weich nicht aus, Eliza. Versuch erst ja nicht dich dem zu entziehen. Ich fragte dich, wer von uns, deiner Ansicht nach, den anderen lieber mag und du konntest dies nicht verstehen."

„Ja doch, *das* verstehe ich. Warum sagst du das denn nicht gleich?"

„Soweit ich mich erinnere, waren dies meine präzisen Worte."

„Aber das waren sie nicht! Was du sagtest war „wenn niemand von uns beiden den einen lieber mag als der andere den anderen, welcher der zwei wäre das?" oder sowas in der Art."

„Na, wie könnte ich denn solch absoluten Stuss reden?"

„Ah!", sagte sie. „Wenn Männer ihre Beherrschung verlieren, wissen sie nie, was sie reden!"
Mir lag eine sehr gute Antwort hierauf auf der Zunge, aber gerade in dem Moment brachte das Dienstmädchen die letzte Post herein. Da war ein Brief von Elizas Mutter und ebenso eine Beilage zur Postanweisung, die ziemlich

über allem, was ich erwartet hatte, lag.

Sie drückte ihre Hoffnung aus, dass diese uns dazu ermöglicht „die Nebenkosten dieser Saison zu übernehmen". Sofern es mein eigenes persönliches Gefühl betrifft, sollte ich diese sofort zurückschicken.

In mancher Hinsicht wage ich zu sagen, dass ich ein stolzer Mann bin. So wurde es mir nachgesagt. Doch die arme alte Dame hat so viel Freude am Geben und sie besitzt so wenig anderes Vergnügen, dass es mir widerstrebt hätte, sie aufzuhalten. In der Tat wäre ich erfreut, ihr Geld als Beweis ihrer Zuneigung anzunehmen. So ging es auch Eliza.

„Begleiche Griffiths´ unbedeutende Rechnung gleich morgen", sagte ich, „und sag ihm, dass er unser Vertrauen auf ewig verloren hat."

Wir kehrten nicht mehr zur Ausgangsfrage zurück. Ich persönlich würde sagen, dass im Falle zweier Menschen es sehr wohl vorkommen kann, dass, auch wenn früher die Zuneigung des einen für den anderen stärker gewesen war als die Zuneigung, die der andere für den einen hegte, welche ich ursprünglich erwähnte, gleichzeitig und doch ein andermal die

Zuneigung, die der eine für den anderen ebenso stark hegte als die Zuneigung, jene der erste für den zweiten hegte und wo der Unterschied zunächst zwischen den zwei lag.

Das zumindest ist die ungefähre Richtung dessen, was ich meine.

Eliza würde es natürlich niemals verstehen.

# Der freie Tag

Aus Anlass der Vermählung unseres jüngeren Geschäftspartners mit Ethel Mary, der einzig noch lebenden Tochter von Herr William Hubblestead, Friedensrichter von Banlingbury, am Canon of Blockminster, assistiert durch Reverend Eugene Hubblestead, dem Vetter der Braut – aus diesem Anlass blieb das Büro für einen ganzen Tag geschlossen und die Belegschaft bekam einen Urlaubstag ohne Gehaltsabzug.

Die Belegschaft schenkte sechs silberne (gestempelte) Nussknacker und einen schönen Satz von Cowpers lyrischen Werken. Letzteres war mein Vorschlag: Es waren noch acht Shilling übrig, nachdem die Nussknacker gekauft waren und ich hatte schon immer eine Schwäche für Cowper gehabt.

Der jüngere Geschäftspartner dankte uns persönlich und in sehr herzlichen Worten. Im selben Moment verkündete er, dass der folgende Donnerstag wie ein Urlaubstag zu behandeln wäre.

Das Wetter war herrlich und ich hatte noch nie einen angenehmeren Tag verlebt. Das Dienstmädchen deckte über Nacht den Frühstückstisch und wir standen um halb sechs auf. Um halb sieben hatte Eliza einige Hammelfleisch-Sandwiches geschmiert und legte diese in einen Korb mit einer Flasche Milch (der Milchmann wurde angewiesen, besonders früh nach Vereinbarung vorbeizukommen). Eine kurze Reise mit dem Zug und schon waren wir um viertel nach sieben in Danstow, um unseren freien Tag auf dem Lande zu verbringen.
Danstow ist ein malerisches kleines Dorf und sah wunderschön im heißen Sonnenlicht aus. Ich trug einen ziemlich neuen Sommeranzug mit braunen Stiefeln. So bemerkte ich zu Eliza gewandt, dass es wahrscheinlich ein Gefühl der Überraschung unter den Dörflern verursacht haben würde, wenn sie wüssten, dass mich, in der Regel, meine beruflichen Pflichten morgens in die Stadt verschlagen.
Eliza sagte: „Also gut. Was tun wir hier?“
„Na“, sagte ich, „da gibt es die alte Kirche. Das

dürfen wir nicht verpassen."

Wir gingen, um die alte Kirche zu erkunden. Dann liefen wir zwei Mal die Dorfstraße auf und ab und erkundeten diese.

„Nun", sagte Eliza. „Was als nächstes?"

„Jetzt", antwortete ich, „bummeln wir nur so herum und amüsieren uns. Ich fühle mich besonders unbeschwert."

„Das kommt vom Frühstück um sechs", sagte Eliza. „Wenn du ein ruhiges Plätzchen finden könntest, könnten wir uns ein Sandwich genehmigen."

Wir spazierten entlang der Straße auf einem kleinen Weg und erspähten eine Wiese, die mir geeignet schien. Ich sagte zu einem Vorbeigehenden: „Ich bin fremd hier. Können Sie mir sagen, ob etwas dagegen spräche, wenn wir auf dieser Wiese sitzen?" Er sagte – recht offensiv und sarkastisch –, dass er glaube, dass die Wiese für genau diese Stunde zum Sitzen zur Verfügung stehe. Ich gab ihm hierauf keinerlei Antwort, sondern öffnete nur das Gatter für Eliza. Wir setzten uns unter die Hecke und beendeten unsere Sandwiches und die Milch. Die Kirchenuhr schlug neun.

„Mit welchem Zug fahren wir zurück?", fragte

Eliza.

„Nicht vor halb zehn heute Abend. Der ganze Tag gehört dir!"

„Zwölfeinhalb Stunden", sagte Eliza. „Und die Sandwiches sind aufgegessen und die Milch leergetrunken und die Kirche schon besichtigt und jetzt gibt es nichts weiter zu tun."

„Außer uns zu amüsieren", fügte ich hinzu, als ich meine Stiefel, die mich etwas schmerzten, auszog und dann einnickte.

Eliza weckte mich, um zu sagen, dass sie die Zeitung gelesen hatte, in denen die Sandwiches eingewickelt waren, und dann ein paar Blumen gepflückt hatte, die wiederum eingegangen sind und sie nun wissen wolle, wie viel Uhr es war.

Es war gerade elf Uhr durch.

Sie sagte: „Oh du lieber Himmel!"

Bald schon nickte ich wieder ein.

Als ich um halb eins erwachte, war Eliza fort.

Sie kehrte einige Minuten später zurück und erzählte, dass sie nochmal die Kirche besichtigt hatte.

„Das war wohl kaum notwendig", stellte ich fest.

„Oh, man muss sich beschäftigen und es gab ja

sonst nichts zu tun."

„Im Gegenteil: Es ist Zeit fürs Mittagessen. Wir werden es uns sofort genehmigen, um uns so einen guten langen Nachmittag zu gönnen."

„Der Nachmittag wird schon so lange genug", sagte sie. Wenn ich nicht gewusst hätte, dass sie sich einem Tagesvergnügen hingab, hätte ich geglaubt, dass ihr Gemüt recht deprimiert schien.

Das Mittagessen in der Dorfschenke war nicht teuer. Eliza sagte, dass deren Vorstellung von Koteletts nicht die ihre wäre, doch alles in Allem schien sie dazu zu neigen, den Moment in die Länge zu ziehen und es so lange wie möglich andauern zu lassen. Ich missbilligte dies, da ich spürte, dass ich wohl schlecht meine Stiefel erneut ablegen konnte ehe wir nicht zur Wiese zurückgekehrt waren.

„Also schön", sagte sie. „Lass uns nur ganz langsam zurückgehen."

„So langsam wie du willst", entgegnete ich. „Es ist in erster Linie der rechte Stiefel, aber ich ziehe langsames Gehen vor."

Als wir unseren alten Platz unter der Hecke wieder aufnahmen und ich meine Stiefel abge-

streift hatte, sagte ich: „Nun denn, ich denke,
ich habe mir eine Pfeife verdient und auch ein
kurzes Schläfchen. Du kannst dich ja weiter
selber amüsieren, auf jede Art, die dir vor-
schwebt.“
„Ich soll *was* mit mir selber?“, fragte sie ziemlich schrill.
Sie spazierte zwei Mal die Wiese auf und ab
und dann schlief ich ein.
Es stellte sich anschließend heraus, dass sie die
anschauliche alte Kirche zum dritten Mal inspi-
ziert hatte und dann ein Haus, welches zur
Vermietung stand. Sie lehnte ab, es zu nehmen,
mit der Begründung, dass es dort kein Badezimmer gab. Dies war recht unehrlich von ihr,
da sie es auch dann nicht genommen hätte,
wenn es dort ein, oder gar zwei Badezimmer
gegeben hätte. Solch eine Sache würde ich nie
eigenmächtig tun.
Ich erwachte etwa zur Abendessenszeit.
Die Rechnung für das Abendessen in der
Schenke war sehr angemessen, auch wenn Eliza
sagte, dass es Abendessen gab, das Abendessen
war und Abendessen, das einer Beleidigung
glich.
Eliza fand heraus, dass um halb sieben ein Zug

zurückfuhr und sie sagte, dass sie vorhabe, diesen zu nehmen, ob ich nun mitkomme oder
nicht, weil es eine Schande war, zu viel des Guten zu haben und sie nicht die Stirn besaß, ein
weiteres Mal nach den Schlüsseln für die Kirche zu fragen. Ich begleitete sie. Ich stelle mir
vor, dass das braune Leder anfällig ist, in der
Sonne einzulaufen und ich nicht Unwillens war,
zu meinen Hausschuhen zurückzukehren und
mich auf dem Sofa auszustrecken.
Es gibt nichts über einen langen Tag auf dem
Lande: so abseits vom Vergnügen spürt man,
dass dies einem so viel Gutes tut.
Ich bedaure, dass Eliza nicht weiter in den
Geist dessen einzutreten schien.

# Der Pilz

Wir befanden uns eines Morgens im Sommer
beim Frühstück, als das Dienstmädchen ziemlich aufgeregt hereinkam und sagte, dass ihres
Wissens nach im kleinen Rasenstück vor dem
Haus ein Pilz heranwuchs.

Es schien etwas ganz Außergewöhnliches zu
sein und Eliza und ich gingen hinaus, um es
uns anzusehen. Es wuchs dort sicherlich etwas
Weißes durch die Sode, doch die einzige Frage
die sich stellte war, ob dies ein Pilz war oder
nicht. Das Mädchen schien sich sicher.

„Also", sagte sie, „in meiner letzten Stelle gab
es häufig Pilze. Sehen Sie, wenn man wohlhabend ist, bekommen diese alles, was ihnen
beliebt. Wenn ich nichts über Pilze wüsste, so
müsste ich es!" Da lag eine Familiarität in der
Art des Mädchens, die meines Erachtens
höchst anstößig war.

Der Haushalt, in jenem sie früher beschäftigt
war, gehörte offensichtlich einem Stil an, den
wir nicht anstrebten.

Das rechtfertigt sie allerdings nicht, ständig
Vergleiche anzustellen. Ich werde gewiss hierüber etwas mit ihr besprechen müssen.

Jedoch war es nicht Jane, die mich zum Reden
veranlasste, sondern der Pilz. Eliza sagte, dass
ich einen Blumentopf über den Pilz stülpen
solle, weil – sichtbar von der Straße aus – jemand dazu verleitet werden könnte, heranzu-
treten und ihn zu stehlen. Aber ich war für so
etwas zu tiefsinnig. „Nein", entgegnete ich,
„wenn du einen auf den Kopf gestellten Blumentopf hinstellst, wird jeder wissen, dass du
darunter einen Pilz versteckst. Lege einfach
eine alte Zeitung darüber."
„Aber die könnte davonfliegen!"
„Mache eine Ecke davon mit einer Haarnadel
fest."
Eliza sagte, dass ich gewiss jemand sei, der an
alles denkt. Ich denke, dass da was Wahres
dran ist.
Auf meinem Weg zum Bahnhof traf ich zufällig
Mr. Bungwalls Gärtner (ein besonders zuvor-
kommender und respektvoller Mann) und
wechselte einige Worte mit ihm über den Pilz.
Er sagte, dass er am Abend vorbeischauen und

ihn sich mal ansehen würde. Ich war erfreut
(bei meiner Rückkehr) zu sehen, dass sich der
Pilz noch immer im Garten unter der Zeitung
befand und dieser leicht an Größe zugenom-
men hatte.

„Dies", so sagte ich zu Eliza, „ist sehr zufriedenstellend."

„Es würde ein schönes kleines Präsent für Mutter hermachen", stellte Eliza fest.

Hier konnte ich ihr nicht gänzlich zustimmen.
Ich wies darauf hin, dass ich mich in einer Woche wahrscheinlich an ihre Mutter wenden
würde für ein vorübergehendes Darlehen. Ich
erdachte es nicht gerade als ehrenhaft, ihre
Meinung vorher durch ein Geschenk zu beein-
flussen zu versuchen. Ich wünschte, dass diese
sich der Frage nach einem Darlehen rein im
geschäftlichen Sinne näherte. Ich fügte hinzu,
dass ich dachte, dass wir den Pilz für einen weiteren Tag dem Gedeihen überlassen und ihn
dann zum Frühstück essen sollten. Das stand
letztlich fest.

Dann kam Mr. Bungwalls Gärtner vorbei und
sagte, dass es ihm leid tue uns in jeder Hinsicht
zu enttäuschen und es nicht seine Schuld wäre,
aber der Pilz wäre ein Giftpilz.

„Dies", sagte ich zu Eliza, „ist schon ein Schlag."

„Vielleicht", sagte diese, „liegt Mr. Bungwalls Gärtner ja falsch."

„Ich fürchte nicht. Aber, wie dem auch sei, erwähnte ich den Pilz an diesem Morgen zufällig gegenüber unserem Bürovorsteher und er sagte, dass er über umfangreiche Kenntnis von Pilzen verfüge und durch Aufziehen eben solcher ein Geschäft gemacht habe. Morgen früh werde ich diesen Giftpilz oder Pilz, je nachdem, ausgraben, mit in die Stadt nehmen und ihn um seine Meinung ersuchen."

Eliza stimmte zu, dass dies wohl das Beste wäre.

Doch beim Frühstück am nächsten Morgen schien sie nachdenklich und ein wenig bedrückt. Ich fragte sie, worüber sie nachdachte. „Es ist so", sagte sie. „Wenn dein Bürovorsteher sagt, unser Giftpilz ist ein normaler Pilz, während Mr. Bungwalls Gärtner sagt, dass unser Pilz ein Giftpilz ist, werden wir ihn nicht essen wollen, wegen Mr. Bungwalls Gärtner und wir werden ihn nicht wegschmeißen wollen, wegen deines Bürovorstehers und ich weiß

nicht, was wir nun damit anfangen sollen."
„Du vergisst, meine Liebe. Wir haben eine
dritte Meinung. Jane sagt, der Pilz ist ein Pilz."
„Jane wird alle sagen."
„Nun, wir können sie ja an unserem Test teil-
haben lassen. Wir könnten sie fragen, ob sie
gern den Pilz essen würde und dann, wenn sie
ja sagt und erfreut scheint, werden wir ihn aber
sicher doch essen. Ich werden gehen und ihn
ausgraben."
Und als ich ging, um dies zu tun, stellte ich fest,
dass der Pilz verschwunden war.

Eliza sagt, dass Mr. Bungwalls Gärtner uns erzählte, dass es ein Giftpilz wäre, um uns davon
abzuhalten, ihn auszugraben und ihn dann selber stahl, weil er wusste, dass es ein gewöhnlicher Pilz war.
Das könnte sein.
Es sollte mich reuen, dies zu glauben, da ich
Mr. Bungwalls Gärtner immer als solch res-
pektvollen Mann erachtet hatte. Meiner Meinung nach, liegt etwas Geheimnisvolles über
der ganzen Sache.

# Die erfreuliche Überraschung

Ich brachte das mir durch getane Arbeit verdiente Geld nach Dienstschluss heimwärts, welches zusammen vier Pfund betrug. Zunächst kam mir der Gedanke, dieses zur Teilrückzahlung unserer Schulden an Elizas Mutter zu verwenden. Doch es war sehr wahrscheinlich, dass sie das Geld wieder zurückschicken würde, in wessen Fall der Pence, der für die Postanweisung verwendet würde verschwendet wäre und ich bin kein Mann, der Pennys verschwendet. Zudem stand es nicht absolut fest, dass sie es zurückschicken würde.

Ich schickte ihr stattdessen einen langen Brief; meine langen Briefe sind beinahe ihre einzigen anspruchsvollen Freuden. Von den vier Pfund hob ich zwei für mich – für jedwede Nebenkosten – auf und entschied, zwei Eliza zu geben. Ich meinte nicht, es ihr einfach so in die Hand zu geben, sondern mir etwas einfallen zu lassen, das im Sinne einer erfreulichen Überraschung lag.

Ich hatte etwas Derartiges schon einmal zuvor versucht: Eliza fragte mich einmal nach sechs

Shilling für ein Teebrett, welches sie gesehen
hatte. Ich ging und stand hinter ihrem Stuhl
und sagte: „Nein, Liebes, davon halte ich
nichts" und im selben Moment ließ ich die
sechs Shilling hinter ihrem Rücken sinken.
Eliza sagte, es sei eine Schande, dass ich ihr
keine sechs Shilling für ein Teebrett geben
könne ohne sie dazu zu bringen, nach oben zu
gehen und sich morgens um neun Uhr wieder
auszukleiden.
Das brachte keinen Erfolg.
Jedoch hatte ich mehrere Ideen im Kopf. Dieses Mal, dachte ich bei mir, würde ich zunächst
herausfinden, ob s etwas gab, das sie begehrte.
So sagte ich am Sonntag zur Teezeit – nicht so,
als meinte ich etwas Bestimmtes - : „Gibt es da
etwas, dass du gerne haben möchtest, Eliza?"
„Ja", sagte sie, „ich möchte einen Bediensteten
haben, der um halb zehn zu Bett geht  und um
halb sechs aufsteht. Wenn man es so halten
würde, wäre das alles, worum ich bitte."
„Verzeih, Eliza", sagte ich, „aber deine Aussage
stimmt so nicht ganz. Du sagtest, das wäre alles,
worum du bittest. Was meintest du – ."
„Weißt du was ich meine?"
„Ich bilde mir ein, dass ich genau weiß - ."

„Wenn du also genau weißt, was ich meinte, muss ich mich wohl korrekt ausgedrückt haben.“

Aber als wir zur Kirche gingen, fand ich heraus, dass sie eine neue Jacke wollte. Ihre eigene war gestutztes Kanin und befand sich mal im guten Zustand. Aber der Pelz war stellenweise kahl geworden.

Am nächsten Morgen schrieb ich auf einem Blatt Briefpapier: „Bin eine neue Jacke kaufen. Herzliche Grüße, dein Ehemann.“ Ich faltete die zwei 20-Shilling-Münzen in dieses ein und ließ das Päckchen in die Tasche von Elizas alter Jacke gleiten, die im Kleiderschrank im Schlafzimmer hing, und erzählte ihr nichts von dem, was ich tat. Meine Idee war, dass sie die Jacke anzieht, um am Morgen einkaufen zu gehen, und wenn sie ihre Hand in die Jackentasche steckte, wäre dies eine erfreuliche Überraschung für sie.

Als ich in die Stadt gehen wollte, fragte sie mich, warum ich immerfort so geheimnisvoll lächelte. Ich entgegnete: „Vielleicht lächelst auch du, noch ehe der Tag vorüber ist.“

Bei meiner Rückkehr fand ich Eliza an der

Haustüre vor.

„Komm und schau", sagte sie vergnügt. „Ich habe hier eine erfreuliche Überraschung für dich." Sie schwang die Türe des Salons auf und zeigte auf etwas. In der Mitte des Tisches stand eine *Spiraea,* eine der wunderschönsten und anmutigsten Pflanzen. Sie stand in einer der besten Untertassen, eingebettet in farbigem Papier um den Topf herum und die allgemeine Wirkung war herrlich.

Augenblicklich nahm ich an, dass sie diese für mich mit dem Wechselgeld meines Geschenkes an sie gekauft hätte und dachte, es habe in ihr sehr wohlige Gefühle ausgelöst.

„Ich hoffe, du hast hierfür nicht allzu viel Geld ausgegeben", sagte ich.

„Ich habe dafür überhaupt kein Geld ausgegeben."

„Ich verstehe nicht."

„Nun, du musst wissen, dass ich am Morgen ein Geschenk erhielt."

„Selbstverständlich weiß ich davon."

„Hat dir Mutter davon erzählt? Ja, sie hatte mir eine wunderschöne neue Jacke geschickt. Dann kam ein Mann mit einem Pflanzenkarren vorbei und er sagte, er wolle kein Geld, falls ich

Kleidung zu entbehren hätte. So gab ich ihm meine alte abgetragene Jacke für diese *Spiraea* und - ."

Ich erinnerte mich, dass ich den Mann mit dem Karren weiter unten auf der Straße gesehen hatte. „Entschuldige mich für einen Moment, Eliza", sagte ich und stürzte ihm hinterher.

Er war ein großer, schwerer und rotgesichtiger Mann und er machte mir wegen der Sache überhaupt keine Schwierigkeiten.

„Ja", sagte er, „ich erstand diese Jacke, Chef, und ich bestreite es nich´. Sie is´ dort am Fuße meines Schrankkoffers und hab´ seitdem keinen Blick drauf geworfen und hab´ nich´ vor, jetzt nachzuseh´n. Sie sagen, es waren dort zwei 20-Shilling-Münzen in der Tasche. Ein Herr wie Sie möchte keinen gewöhnlichen Mann wie mich beschwindeln. Wenn Sie sagen, da waren zwei 20-Shilling-Münzen drin, dann sind se da noch immer und ich kann Ihn´n zwei Pfund aus min´r eigenen Tasche zurückgeb´n, in´ner Gewiss´eit, ´se aus´ser Jackentasche zurückzubekommen. Sie Guter! Ich erkenn´ nen ehrlichen Mann, wenn ich einen seh´!"

Mit diesen Worten zog er das Geld aus seiner

eigenen Westentasche und übergab mir dieses.
Ich nahm dieses widerwillig an.
„Wollen Sie nicht lieber sichergehen - ."
„Ganz und gar nich´", sagte er. „Wenn die
Shillin´-Münzen dort war´n als die Jacke mir
übrgeb´n wurde, dann sind´se noch da. Ich
konnte erkennen, dass Sie´n Mann des Ver-
trauens sind, sonst hätt´ich lange zuvor den
Koffer aufgemacht und diesen durchsucht."

„Was hattest du zu tun?", fragte Eliza bei meiner Rückkehr.
„Ist schon gut. Deine Mutter hat dir eine neue
Jacke geschenkt. Lass mich die Freude haben,
dir einen neuen Hut zu schenken." Ich drückte
ihr die zwei Münzen in die Hand. Sie sah sie an
und sagte: „Weißt du, man kann sich für einen
halben Penny keinen Hut leisten, Liebster.
Weswegen bist du gerade erst herausgestürzt?
Und woher hast du diese zwei Viertelpennys
aus Gold? Wenn du nicht aufpasst, wirst du sie
noch mit 20-Shilling-Münzen verwechseln. Ver-
suchst du mir etwa etwas weiszumachen?"
In wusste in dem Moment nichts Rechtes zu
sagen und so nahm ich ihre Unterstellung auf.
Ich erklärte, dass es ein Scherz war.

„Du siehst nicht aus, als hättest du gescherzt.“

„Aber das habe ich. Ich vermute, ich sollte wissen, wenn dies ein Mann tut. Jedoch, Eliza, wenn du einen neuen Hut willst, bekommst du alles bis zu 10 Shilling und du brauchst es nur zu sagen.“

Sie sagte es, dankte mir und bat mich mitzukommen, um ihr beim Bewässern der *Spiraea* zu helfen.

„Es ist solch eine wohlgeformte *Spiraea*“, sagte sie.

„Ja“, antwortete ich traurig, „es ist eine normale Pflanze.“

Und so war es: Obgleich ich nie ein, was die Franzosen ein *double entendre* zu der Zeit nannten, beabsichtigt hatte.

# Die Mopworths

Ich muss sagen, dass sowohl Eliza als auch ich ziemlich viel Verachtung für die Mopworths´ verspürten.

Wir lernten sie vor drei Jahren kennen und das verschaffte uns einen Anspruch; Peter Mopworth war ein angeheirateter Verwandter von Eliza und das verschaffte uns ebenso einen Anspruch; weiterhin verschaffte uns unsere gesellschaftliche Stellung einen Anspruch. Nichtsdestotrotz würden die Mopworths´ ihre alljährliche Feier am kommenden Mittwoch begehen und wir wurden nicht eingeladen.

„Meiner Treu", rief ich aus. „Noch nie in meinem Leben habe ich von etwas so absolut Armseligen gehört."

„Ich weiß gar nicht warum", sagte Eliza.

„Oh, wir sind nicht gut genug für sie. Wir wissen alle, wer sein Vater war und wir alle wissen, was er ist: ein unbedeutender Provinz-Ladenbesitzer! Ein Gentleman, der eine wichtige Anstellung in einem der Haupt-

Handelsfirmen der Stadt innehat, ist nicht gut genug für ihn. Wenn es mir nur gestattet ist, seine Stiefel zu putzen, bin ich sicher, dass ich schon dankbar sein sollte. Oh ja! Natürlich! Da gibt es keinen Zweifel!"

„Du bist so sarkastisch", bemerkte Eliza.

„Das ist nichts, nichts im Vergleich zu dem, was ich sein werde, wenn ich mich gehenlasse. Aber ich ziehe es nicht vor, mich gehenzulassen. Ich finde nicht, dass er es wert ist und ich finde, dass sie es ebenso wenig wert ist. Es ist zu bedauern – vielleicht -, dass sie nicht wissen, dass sie sich selber lächerlich machen, aber das lässt sich nicht ändern. Ich persönlich werde dem Ganzen keinen weiteren Gedanken mehr beimessen."

„Das ist wohl das Beste", sagte Eliza.

„Selbstverständlich ist es das. Warum sich den Kopf über zwei Menschen dieser Klasse zerbrechen? Und – he, Eliza -, wenn du dieser Mopworth-Frau mal auf der Straße begegnest, gibt es keinen Anlass für dich, sie wiederzuerkennen."

„Das würde so aussehen, als ob wir sie extrem schneiden würden, da wir nicht zu ihrer Feier eingeladen wurden."

„Möglicherweise. In Anbetracht der Tatsache,
erachte ich es nicht mal als erwähnenswert."
Wir diskutierten noch weitere anderthalb
Stunden über die Mopworths´ und ihre Feier
und gingen dann zu Bett.

„Ich lag letzte Nacht wach", sagte ich am nächsten Morgen beim Frühstück, „ich konnte nicht
umhin, über all die unterschiedlichen Dinge
nachzudenken, die wir für diese Schlangen getan haben."
„Was für Schlangen?"
„Diese verachtenswerten Mopworths´. Ich frage mich, ob sie sowas wie Schamgefühl besitzen? Falls ja, dann müssten sie erröten, wenn
sie über die Art und Weise, wie sie uns behandelt haben, nachdenken."
„Ich kann mir nicht denken, warum sie uns
ausgelassen haben. Vielleicht liegt hier ja ein
Irrtum vor?"
„Kein Bisschen. Ich habe das schon seit ge-
raumer Zeit erwartet. Klar, er ist zu Geld gekommen. Ich sage nicht – ich würde es lieber
*nicht* sagen –, wie er es geschafft hat. Aber es
scheint ihm zu Kopf gestiegen zu sein. Wie
dem auch sei, nach alledem werde ich ihn

wahrscheinlich niemals wieder erwähnen."
Eliza fing an über das Wetter zu reden.
Ich erklärte ihr, dass Mopworth Dinge getan
hatte, die ich – ich persönlich – sehr bedauern
würde, diese zu tun und dass ich nur ungern
seinen knallbunten Kleidungsstil übernehmen
würde.
„Aber natürlich", fügte ich hinzu, „zieht sich
sonst kein anderer Gentleman so an wie er es
tut."
Eliza sagte, dass, wenn ich vorhatte meinen Zug
zu erwischen, ich besser aufbrechen sollte.
So brach ich auf.

Als ich nach Hause kam sagte ich zu Eliza,
dass, obgleich das ganze Thema mir zuwider
war, es doch eine Sache gab, welcher ich mich
ein paar Augenblicke lang Überlegungen hingab. So ungern ich meine Lippen mit dem
Namen Mopworth schmutzig machen würde,
fühlte ich mich doch verpflichtet zu sagen, dass,
selbst wenn Mopworths´ uns zu ihrer alljährli-
chen Feier eingeladen hätten, hätte ich rund-
heraus abgesagt.
„Wirklich?", sagte Eliza. Dies verärgerte mich
leicht. Sie dürfte erkannte haben, ohne es ge-

sagt zu bekommen, dass es schier unmöglich war für Leute wie uns, weiter mit Leuten wie diesen zu verkehren.

„Ich bin daran gewöhnt", entgegnete ich, „ganz genau das zu sagen, was ich meine. Soweit ich mich erinnere, habe ich in letzter Zeit mehr denn einmal darum ersucht, die Mopworths´ fallen zu lassen. Wenn ich es in der Tat noch nicht erledigt habe, so hatte ich schon längst den Gedanken, danach zu handeln. Sie sind mit uns durch Heirat verbunden und ich bin nicht übermäßig stolz darauf, aber ich finde noch immer, dass irgendwo auch mal Schluss sein muss. Mich kümmert es nicht, wenn Mopworth überall herumprahlt, dass er mit uns auf vertraulichem Fuße steht."

„Nun ja", sagte Eliza, „es gibt nicht so viele Leute, die uns je nach etwas fragen. Miss Sakers ist freundlich, natürlich, besonders, wenn es um Beiträge für den Basar geht oder die neue Orgel. Aber sie hakt soweit nicht nach."

„Ganz recht", sagte ich, „und ich bin mir ihrer auf keinen Fall sicher. Sie mag ja in Ordnung sein. Ich hoffe, dass sie es ist. Aber, offen gestanden, kann ich keineswegs ihre Wesensart leiden."

In diesem Augenblick brachte das Dienstmädchen eine Notiz herein, die persönlich von Mrs. Mopworth ausgehändigt wurde. Darin stand, dass sie eine Einladung an Eliza geschickt habe, aber keine Antwort darauf erhalten hatte. Sie war sich so sicher, dass die Einladung bei der Post in Verzug geraten sein muss (das keine Überraschung, unter Berücksichtigung der Saison, war), dass sie es gewagt hatte, erneut zu schreiben, obwohl es gegen die Etikette verstoßen dürfte. Sie hoffte, dass wir beide kommen können und sagte, dass ich auf vorherigen Anlässen Leben in die Feier gebracht hätte.

„Nun", sagte ich, „Eliza, was würdest zu vorschlagen zu tun?"

„Oh, ich werde hingehen!", entgegnete sie.

„Dann, wenn du darauf bestehst, werde ich mit dir gehen. Ich hätte niemals ein Wort gegen Mrs. Mopworth zu sagen. Es stimmt, dass *er* nicht in jedem Punkt das ist, was ... nun, worum ich mich bei mir selber kümmern sollte. Möglicherweise würde er mir nicht überlegener sein. Ich möchte ihn nicht zu herb verurteilen. Mein Frack ist zusammen mit meinem Sonntagsanzug in der zweiten Schublade im Abstell-

raum weggepackt. Häng ihn einfach nah an den Kamin, um die Falten herauszubekommen.
Und, Eliza, schreibe eine freundliche Notiz an Mrs. Mopworth, besagend, dass wir nie von dieser Feier gehört haben. Ich habe vom ersten Moment an gedacht, dass die Omission einem Irrtum unterlag.“
Eliza ging lächelnd davon.
Frauen sind so wechselhaft.

# Der Stiftabwischer

Eliza bereitet für mich zu meinem Geburtstag immer einige kleine Trifles zu und hatte dies schon immer, seit dem Tage, als ich sie zum Altar führte, getan. Aber dies wird überhaupt nicht aus Selbstverständlichkeit heraus getan. Während der Tage vor meinem Geburtstag, wenn sie an dem Geschenk arbeitet, hält sie ein sauberes Taschentuch bei sich und wirft dieses über die Arbeit, um jene zu verdecken, wenn ich den Raum betrete. Dies lässt es mehr wie eine Überraschung erscheinen, wenn der große Tag kommt.

In der Regel pfeife ich einige Takte gedankenlos vor mich hin ehe ich den Raum betrete, um so Eliza eine Menge Zeit zu verschaffen, ihre Arbeit unter dem Taschentuch zu verstecken. Hierüber gibt es keine feste Regelung.

Ich folge lediglich dem guten Geschmack.

Letztes Jahr hielt sie – anstelle des Taschentuchs – eine große Serviette bei sich als sie arbeitete. Jedoch, obgleich ich es ihr nicht erzählte, lüftete dies das Geheimnis. Ich wusste, dass sie für mich ein paar Hausschuhe anfertigte.

Dieses Jahr an meinem Geburtstag, als ich zum Frühstück hinunter kam, fand ich vor mir die Heißwasserplatte platziert mit dem Zinn-Deckel stehen; ein sehr nützlicher Gegenstand, wenn man zufällig jemand Krankes daheim hat. Eliza, die sich den Teewärmer vorhielt, um ihr Lächeln zu verbergen, riet mir in recht strengem Ton mit meinem Frühstück schnell zu verfahren. Ich hob den Zinn-Deckel und dort lag auf der Platte der Stiftabwischer, den Eliza für mich gemacht hatte. Diese ziemlich elegante und amüsante Art des Schenkens ist nicht wirklich Elizas Einfall. Ich tat dies einige Jahre zuvor, als ich ihr ein Nadelkissen schenkte. Weil das Nadelkissen dem Zweck diente, einem pochierten Ei zu ähneln (und tat dies wirklich sehr), brachte der Humor in diesem Fall vielleicht viel mehr Punkte ein. Allerdings sage ich dies ganz und gar nicht, um Eliza zu bemängeln. Ich bin vielmehr jemand, der über Neuheiten nachdenkt und wenn Eliza gern welche davon nachmachen möchte, umso besser.

Die Ober- und Unterseite des Stiftabwischers, den Eliza für mich angefertigt hatte, bestand aus schwarzem Samt, welcher, meines Erachtens, immer einen wunderschönen Anblick abgibt. Die Oberseite war mit goldenen Perlen verarbeitet und formte daraus den Satz „Sanftes Reinigen des Stiftes". Die Innenausstattung bestand aus mehreren Falten sehr heller Farbtöne an Kunstmusselin. Nur einen Tag zuvor hatte sich Messrs. Howlett & Bast geweigert, jedwede weitere Muster zu schicken, da das letzte Los, das zugesandt wurde, nicht zurückgeschickt worden war, obwohl schon zwei Mal angesucht. Das verstand ich nun. Wie dem auch sei gab es mit angenehmem schlichten Geschmack einen sehr guten Stiftabwischer ab und ich dankte Eliza mehrere Male aufs Herzlichste dafür. Es war mein Vorschlag, diesen auf dem Tisch im Zentrum des Salons zu platzieren. Dort wird zwar nicht geschrieben, doch schien er auf natürliche Weise zum Salon zu gehören.

Soweit verlief mein Geburtstag harmonisch genug. Am Abend, als ich aus der Stadt heimkehrte, setzte ich mich hin, um ein paar kurze, eindringliche Zeilen an Messrs. Howlett & Bast zu schreiben. Ich erklärte ihnen, dass sie durch ihre Impertinenz ein hohes Risiko eingingen, mich vollständig als ihre Kundschaft zu verlieren und deutete darauf hin, dass das Los an Mustern, auf welche sie sich bezogen, sehr wahrscheinlich bei der Post verlorengegangen sein dürfte.

Als ich den Brief beendet hatte, wischte ich meinen Stift an der Innenseite meines Rockes ab. Dies ist meine Verkehrssitte. Manche Männer wischen ihre Stifte an ihren Haaren ab – keine sehr saubere Angewohnheit, meiner Meinung nach -, außerdem, wenn die Farbe der Haare nicht ungewöhnlich dunkel ist, wird die Tinte sichtbar sein.

Kaum hatte ich meinen Stift an der Innenseite meines Rockes abgewischt, da fiel mir Elizas Geschenk ein. Entschlossen, ihr zu zeigen, wie sehr ich dieses wertschätzte, tauchte ich den Stift tief in die Tinte ein, trat in den Salon und wischte den Stift am neuen Stiftabwischer ab. Dann rief ich treppaufwärts: „Eliza, gerade erachtete ich dein Geschenk als sehr nützlich. Würdest du gern kommen und es sehen?" Zufällig war sie in jenem Moment dabei, etwas an ihrem Rücken zu befestigen, kam aber eine

Minute später herunter.

Sie nahm den Stiftabwischer, sah ihn an, rief aus „Ruiniert!" und lief dann schnell aus dem Zimmer. Ich folgte ihr und fragte, was los sei. Es zeigte sich, dass die Worte „Sanftes Reinigen des Stiftes" bedeuteten, dass der Stift mit einem Stück Papier gesäubert werden sollte ehe man den Stiftabwischer verwendete. Eliza sagte, dass ich gewusst haben müsste, dass das hübsche Musselin nicht dazu gedacht war, eine totale Schweinerei an Tinte zu sein.

„Nun", sagte ich, „das wusste ich nicht. Das ist alles, was ich dazu sagen kann."

Aber es war – offensichtlich – nicht alles, was es dazu zu sagen gab. Tatsache ist, dass diese ganze Sache einen unerfreulichen Schatten über den Abend meines Geburtstages geworfen hatte. Schlussendlich trat ich energisch auf und weigerte mich, überhaupt noch was zu sagen.

# Der 9.43-Uhr-Zug

Im Laufe unserer Unterhaltung am Samstag-
abend stellte sich heraus, dass Eliza noch nie in
der St. Paul´s Cathedral gewesen ist.

„Dann“, sagte ich, „werde ich dich morgen früh
dorthin mitnehmen.“

„Ich bin sicher, dass ich damit einverstanden
bin“, sagte Eliza.

Am Sonntagmorgen brachten mich ein oder
zwei Dinge dazu, ungehalten zu sein. Das Frühstück veranlasste mich zu sagen, dass die Eier
eiskalt wären und Eliza mir widersprach. Es war
sehr albern von ihr. So wies ich sie darauf hin,
was der geringste Beweggrund sein könnte, dass
ich behauptete, dass ein Ei kalt war, wenn es
nicht so war? Was würde ich damit gewinnen?
Selbstverständlich hatte sie darauf keine Antwort; das heißt, sie hatte keine vernünftige Antwort. Dann, nach dem Frühstück, rissen mir
meine Schnürsenkel entzwei.

Nein, ich war nicht zornig. Ich hoffe, dass ich
mich so gut wie die meisten anderen Männer
beherrschen kann. Aber ich befand mich in

einem Geisteszustand, der an Gereiztheit grenzte.

Eliza kam die Treppe herunter, fertig angekleidet zum Ausgehen, fragte mich, warum ich noch nicht fertig sei und sagte, dass wir den 9.43er verpassen würden.
„In der Tat!", sagte ich. „Und was, präzise gefragt, meinst du mit dem 9.43er?"
„Ich meine, präzise gesagt, den Zug, der von hier in die Stadt um siebzehn Minuten vor Zehn abfährt."
„Einer deiner üblichen Irrtümer", entgegnete ich. „Der Zug fährt um 9.53 Uhr und nicht um 9.43 Uhr."
„Hast du einen Fahrplan da?", fragte sie.
„Nein."
„Denn wenn du einen Fahrplan da hättest, könnte ich dir zeigen, dass du falsch liegst. Also, ich *weiß,* dass er um 9.43 Uhr fährt."
„Wenn ich einen Fahrplan da hätte, könnte ich dir mit großer Gewissheit zeigen, dass er um 9.53 Uhr fährt. Nicht, dass du es selbst dann glauben würdest. Du bist zu starrsinnig, Eliza. Dir selber zu sicher!"

„Schau mal!", bemerkte ich, nachdem sie diesen Punkt lang und breit bestritten hatte. „Lass uns zum ursprünglichen Diskussionsthema zurückkehren. Wer von uns reist am Häufigsten nach und aus London? Das ist der vernünftigste Weg, es zu klären."

„Das bist du – an Wochentagen. Aber du bist nie sonntags unterwegs und die Sonntagszüge fahren anders."

„Ich bin mir dessen vollkommen bewusst. Jeden Tag komme ich in ständige Berührung mit den Fahrplänen. Erst gestern Abend habe ich mir diese am Bahnhof angesehen. Soweit ich weiß ist mein Erinnerungsvermögen noch vorhanden."

„So wie der meine."

„Wirklich? Vor einer Woche kaufte ich sechs neue Kragen und brachte sie mit nach Hause. Sie sind nicht behandelt. Warum? Weil du es vergessen hast! Genau in diesem Augenblick, wo ich mit dir spreche, trage ich einen unbehandelten Kragen."

„Ja, aber ich habe es nur an einem Tag vergessen."

„Warum hast du sie dann nicht an den anderen Tagen behandelt?"

„Weil du an den anderen Tagen vergessen
hast, die Wäschetinte mit nach Hause zu bringen.“

„Hm, ja“, sagte ich. „Da ist was Wahres dran.
Ich muss meinen eigenen Geschäften in der
Stadt nachkommen ohne immerzu an Wäschetinte zu denken. Aber was hat das damit zu
tun? Und warum damit anfangen? Wir reden
hier nicht über Wäschetinte, wir reden gerade
über Züge!“

Sie sagte, dass ich damit angefangen hatte und
natürlich machte ich sie darauf aufmerksam,
dass ich nichts dergleichen getan hatte.

Wir diskutierten noch eine kleine Weile, wer
von uns beiden angefangen hatte und dann
sagte Eliza in ihrer gehässigen Art: „Wir reden
hier nicht davon, wer von uns angefangen hat,
wir reden über Züge!“

„Es macht sehr wenig Sinn mit dir über Züge
zu reden. Ich weiß, dass du falsch liegst. Ich
würde glatt meine Hand dafür ins Feuer legen,
dass es der Zug um 9.53 Uhr ist und nicht der
um 9.43 Uhr. Aber du würdest niemals zuge-
ben, dass du dich irrst; du bist zu starrsinnig
dafür!“

„Natürlich gebe ich nicht zu, dass ich mich irre, weil ich mich nicht irre! Das wäre albern!", fügte sie überlegt hinzu. „Selbst wenn es der 9.53-Uhr-Zug wäre, läge ich nicht falsch. Alles was ich sagte, war, dass wir den 9.43er verpassten. Nun, wenn es keinen 9.43-Uhr-Zug gibt, können wir ihn nicht erwischen und was man nicht erwischen kann, kann man auch nicht verpassen!"

„Völliger Schwachsinn! Wenn man nicht Scharlach erwischen kann, kann man nicht sagen, dass man ihn verpasst hat!"

Sie erwiderte: „Wir reden jetzt nicht über Scharlach, wir reden jetzt über Züge!"

„Pah!", rief ich aus. Ich hätte dem noch mehr hinzu zufügen gehabt, aber in jenem Moment schlug die Uhr auf dem Kaminsims im Salon Zehn.

# Die Rätsel

Ich hatte das Büchlein am Bahnhof gekauft
und es schien wirklich die Sixpencestück wert
zu sein, die ich dafür gezahlt hatte. Es trug den
Titel „Jedermanns Buch intelligenter und origi-
neller Rätsel".
Selbstverständlich hatte ich eine Absicht im
Sinn, dieses Buch zu kaufen: Ich bin kein
Mann, der sein Geld ohne jede Absicht weg-
wirft. Ich dachte, dass diese Rätsel nicht nur ein
freudiges Amusement , sondern ebenso eine
nützliche und intellektuelle Übung für Eliza
und mich während der Winterabende abgeben
würden. Dann könnten wir diese für gesellschaftliche Zwecke während der Weihnachts-
feierlichkeiten verwenden. Ich weiß nicht, wie
es mit anderen sein würde, aber ich habe schon
oft erfahren, wenn ich einer Dame vorgestellt
werde, dass ich nur „Guten Abend" gesagt habe
und dann absolut nichts anderes zu sagen wusste. Mithilfe dieses Rätselbuches würde ich jede
peinliche Pause durch Fragen, wer der liebens-

würdigste König in der Geschichte war, füllen.
Dies würde das Eis brechen. Überdies könnte
es, wenn wir das Buch als recht neu erhielten,
hinterher ein sehr brauchbares und akzeptables
Geschenk für Elizas Mutter hermachen. Ich
denke, dass ich für gewöhnlich sehr genau weiß,
was ich tue. Ich sah mir auf dem Weg nach
Hause zwei oder drei Rätsel an. Da war eines,
an welches ich mich nicht mehr genau erinnere,
jedoch dieses außergewöhnlich clever war; etwas über das Zügigsein im Schießen und das
Schießen auf Züge. Ich frage mich oft, wer das
ist, der sich solcherlei ausdenkt.

Am Abend mag ich recht unglückselig gewesen
sein, als ich das Buch mit nach Hause brachte.
Irgendetwas musste sich ereignet haben, das
Eliza verärgert hatte – sie neigte dazu, mich
ziemlich schroff zu behandeln. Als ich herein-
trat, fragte ich sie fröhlich im Eingang: „Kannst
du mir sagen, Liebste, was der Unterschied
zwischen einem Kamel und einem Korkenzieher ist? Wenn nicht, hier habe ich ein Büchlein, das es dir verrät."
„Oh ja! Das eine wird zum Korkenziehen verwendet und das andere nicht. Du hättest kein

Sixpencestück für ein wertloses Buch verplempern müssen, um mir das zu sagen.“

„Aber deine Antwort ist nicht korrekt“, entgegnete ich. „Die korrekte Antwort beinhaltet einen Witz. Überleg nochmal.“

„Nun, ich kann gerade nicht. Ich muss mich um die Wäsche kümmern.“

Ich sagte, dass die Wäsche warten könne, aber sie schien mich nicht zu hören und ging treppauf von dannen.

Beim Abendessen fühlte ich mich veranlasst zu sagen: „Als ich dich diesen Nachmittag nach dem Unterschied zwischen einem Kamel und einem Korkenzieher gefragt habe, hast du mir sehr scharf geantwortet. Vielleicht hättest du nicht so reagiert, wenn du gewusst hättest, dass ich das Buch mit der Intention, es deiner Mutter als Geschenk zu schicken, gekauft habe.“

„Glaubst du, Mutti würde es interessieren?“

„Ich glaube, es würde ihren einsamen Stunden Aufmunterung verschaffen. Es gibt über eintausend Rätsel in dem Buch. Ich habe nur zwölf gelesen, aber ich befand all diese als äußerst amüsant und gleichzeitig absolut raffiniert.“

„Nun ja, ich erkenne nicht, wozu das gut sein

sollte.“

„Sie sind eine intellektuelle Übung, wenn man versucht, die richtige Antwort zu erraten.“

„Ich glaube nicht, dass je jemand erraten hat, oder sie jemals erraten wird.“

„Wenn ich die Zeit dazu hätte“, sagte ich, „glaube ich, ich könnte mir im Großen und Ganzen eine witzige Antwort höchstselbst ausdenken. Ich möchte mich zwar nicht rühmen, aber ich glaube es.“

„Na schön“, sagte Eliza, riss das Buch an sich und öffnete es aufs Geratewohl, „hier ist was für dich: Wenn eine Dame auf den Stufen von St. Paul´s Cathedral ausrutscht, was würde sie sagen? Gib mir hierauf die Antwort.“

„Ich werde es versuchen“, erwiderte ich.

Gleich nachdem Eliza mir die Frage stellte, merkte ich, dass ich wirklich die Antwort hatte und dann schien sie von mir wegzutreiben. Später am Abend war ich sicherlich auf dem richtigen Weg, doch als Eliza ihre Schere weglegte, lenkte mich dieses Geräusch erneut ab. Ich brachte eine sehr schlimme Nacht zu – die Antwort blieb weiter irgendwie ein Kommen und Gehen.

Gerade als ich davongedämmert war, schien

mir die Antwort einzufallen und dann, wenn ich aufwachte, um sich dessen sicher zu sein, befand ich, dass sie mir wieder entwischt war.

Als ich das Büro am Abend verlassen wollte, nachdem ich vor lauter Nachdenken Kopfschmerzen bekam, ohne jedes Ergebnis zu erhalten, stellte ich die Frage einem unserer Angestellten. Ich dachte, er wüsste es vielleicht.

„Nein", sagte er, „ich weiß nicht, was eine Dame sagen würde, wenn sie auf jenen Stufen ausrutschen würde. Ich könnte ziemlich sicher sagen was ein Mann sagen würde, wenn es Ihnen irgendwie weiterhülfe."

Natürlich tat es das nicht.

So erzählte ich Eliza, nachdem ich nach Hause kam, dass ich nicht genügend Zeit übrig gehabt hatte, um über die Antwort nachzudenken und ich wäre froh zu erfahren, wohin sie das Buch gelegt hatte.

„Oh, ich schickte es Mutter!", sagte sie. „Ich dachte, du wolltest es so."

„Du hättest damit warten können, bis du gewusst hättest, ob ich es beendet habe. Aber, wie dem auch sei, wie lautet nun die Antwort auf das lächerliche Rätsel?"

„Das über St. Paul´s Cathedral? Das war überhaupt nicht im Buch. Ich habe es mir aus Spaß selber ausgedacht.“

„Dann“, entgegnete ich, „ist alles was ich sagen kann, dass deine Vorstellung von Spaß nicht der meinen entspricht. Es kommt mir so vor, Teil einer Lüge zu sein. Es war ganz und gar kein Rätsel.“

„Es wäre eines gewesen, wenn du dir eine Antwort überlegt hättest.“

„Kein Wort mehr“, entgegnete ich betont kühl.

„Ich wünsche das Thema fallenzulassen.“

# Die Tinte

Das Tintenfass enthielt ein niedriges Sediment mit kurzen Stoppeln, Körnern und ein wenig Feuchtigkeit.

Aus dem Stift lief es in großen Mengen heraus. Als ich die zweite Postkarte versaut hatte, sagte Eliza, dass ich so nicht reden sollte.

„Also gut", sagte ich, „warum füllst du nicht das Tintenfass neu auf? Ich bin nicht aus Postkarten gemacht und ich hasse Verschwendung."

Sie entgegnete, dass jeder glauben würde, dass ich aus irgendetwas gemacht wäre, wenn man mich so reden hörte.

Ich dachte bei mir, dass ich noch nie eine erbärmlicherere Retorte gehört hatte und teilte ihr dies mit. Da ich auf dem Weg in die Stadt hätte sein müssen, blieb ich nicht länger, um dies weiter zu diskutieren. Als ich wieder nach Hause kam, fand ich das Tintenfass voll vor.

„Dies", so dachte ich, „ist sehr nett von Eliza." Ich hatte da einen Brief, den ich schreiben wollte und setzte mich nieder, um diesen zu verfassen.

Ich schrieb ein Wort und es kam ein zartes Blassgrau heraus. Sofort rief ich nach Eliza. Ich war nie ruhiger in meiner Art gewesen und es war albern von ihr zu sagen, dass ich nicht das Haus niederbrüllen müsse.

„Das werden wir nicht diskutieren", erwiderte ich. „Gerade eben setzte ich mich hin, um einen Brief zu schreiben - ."

„Weswegen willst du jetzt einen Brief schreiben? Das hättest du ebenso gut im Büro erledigen können."

Ich zuckte auf europäische Art und Weise meine Schultern. „Du bist dir wahrscheinlich nicht im Klaren, dass ich deiner Mutter schreiben wollte. Sie hat so wenig Freuden. Wenn du dich jetzt nicht getadelt fühlst - ."

„Ich glaube nicht, dass Mama dir noch mehr leihen wird, wenn du ihr schreibst."

„Dies werden wir jetzt nicht weiterführen. Warum hast du das Tintenfass mit Wasser aufgefüllt?"

„Das habe ich nicht."

„Wer dann?"

„Niemand. Ich habe bis zum Abendessen gar nicht daran gedacht. Und dann ... nun, dann gab es Abendessen."

Ich habe einmal eine Geschichte gelesen, wo ein Mann ein gedämpftes, beklemmtes Lachen von sich gegeben hatte. In jenem Moment kam dieses Lachen recht natürlich aus mir heraus. „Kein Wort mehr", sagte ich. „Dies ist verachtenswert. Ich verbiete dir hiermit Tinte zu holen. Ich hole sie selber."

Am folgenden Abend fragte sie mich, ob ich die Tinte nun geholt hätte. Ich entgegnete: „Nein, Eliza. Heute war außerordentlich viel los gewesen und ich hatte dafür keine Zeit gehabt." „Ich dachte, du hättest es vielleicht vergessen." „Ich ahnte schon, dass du das sagen würdest", sagte ich. „Bei dir überrascht mich das nicht."

Eine Woche später sagte Eliza, dass sie ihre Bücher erledigen möchte. „Darüber bin ich froh", sagte ich. „Jetzt wirst du das Elend kennenlernen, ohne Tinte im Haus leben zu müssen." „Nein, werde ich nicht", sagte sie, „weil ich meine Bücher immer mit dem Bleistift führe." „Vor drei Monaten etwa bat ich dich darum, das Tintenfass mit Tinte zu füllen. Warum ist das noch nicht erledigt?"

„Weil du mir zudem nachdrücklich verboten hast, Tinte zu holen, um diese damit zu füllen. Und du sagtest, du holtest sie selber. Und es war nicht vor drei Monaten."

„Ich wusste schon immer, dass du nicht diskutieren kannst, Eliza", sagte ich. „Aber ich bedaure mitanzusehen, wie dich auch dein Gedächtnis gerade betrügt."

Am nächsten Tag kaufte ich ein Pennyfass an Tinte und ließ es in einem Omnibus zurück. Ich kaufte noch ein weiteres Fass (das musste eine Woche später gewesen sein), aber dieses ließ ich auf dem Gehweg fallen, wo es zerbrach. Diese Ereignisse erwähnte ich Eliza gegenüber nicht, aber ich fragte sie, wie lange sie noch einen Schatten über unser Eheleben werfen wolle, indem sie versäumte, das Tintenfass aufzufüllen.

„Was!", sagte sie. „Das ist vor Tagen erledigt worden! Wie kannst du nur so ungerecht sein?"

Es war, wie sie sagte.
Ich entschied mich, sofort einen Brief an Elizas

Mutter zu schreiben, die – zu Recht oder Un-
recht – mich für ein Talent im Briefeschreiben
hielt. Ich fühlte mich nun glücklicher, als ich es
noch vor einiger Zeit getan hatte und entschloss
mich, Eliza zu sagen, dass ich ihr vergeben hatte.

Ich schrieb einen langen, vergnügten Brief an
ihre Mutter und dachte, ich zeigte ihn Eliza,
ehe ich ihn zur Post brachte. Ich rief die Treppe hoch: „Komme herunter, Liebling, und sieh,
was ich getan habe.“

Dann setzte ich mich wieder hin und stieß das
Tintenfass dabei um.

Die Tinte bedeckte den Brief, den Tisch, meine Kleidung und den Teppich – ein schwarzer
Schwall dessen zog sich entlang und hielt Aus-
schau nach etwas, das es noch zerstören konnte. Dann kam Eliza herunter und sah, was ich
getan hatte.

Bis zum heutigen Tage kann sie nicht verstehen, dass es teils ihre Schuld war. Das Fass war
– natürlich – zu voll.

# Der öffentliche Skandal

Ich bin kein Grundbesitzer. Es eignet meiner
Absicht besser und ist in jeder Hinsicht prakti-
scher, ein kleines Haus mit Jahresvertrag zu
mieten. Aber wäre ich ein Grundbesitzer, würde ich meinen Pächtern nicht erlauben, irgendetwas zu tun, das in Richtung Unterhöhlen
und Durchlöchern der Vornehmheit des Bezirks ginge.

Ich würde eine sehr kurze Unterredung mit
solch einem Pächter führen. Ich würde ihm
oder ihr sagen: „Nun denn, entweder das hört
auf oder Sie sind auf der Stelle draußen." Das
würde es schon tun.

Wie dem auch sei, ich bin kein Grundbesitzer.
Sogar als Pächter hege ich ein sehr natürliches
Interesse für den Bezirk, in welchem ich lebe.
Ich wählte den Bezirk sorgfältig aus, weil es
wohnlich war und nicht geschäftsmäßig. Die
Häuser hier sind nicht sehr groß und sie mögen
solider gebaut sein, aber sie sind keine Geschäf-
te. Sie haben elektrische Klingeln und kleine
Stücke Garten und im Großen und Ganzen

eine vornehme Erscheinung.

Zwei der Häuser in der Arthur Street sind von Klavierstimmern besetzt und tragen Messingplatten. Ich habe hier nichts einzuwenden. Klavierstimmen ist ein Beruf und ich vermute, dass ich – irgendwie – höchstselbst als berufstätiger Mann betrachtet werden sollte.

Noch habe ich Einwände gegen das Vermieten von Appartements, solange dies anständig gehandhabt wird und ohne diese großen, geschmacklosen Schwarzen Bretter.

Aber der allgemeine Ruf dieses Bezirks ist ein guter und ich missbillige alles aufs Schärfste, das dazu neigt, diesen herabzusetzen.

Es war, soweit ich mich erinnere, am Dienstagabend, als Eliza ziemlich ihre Beherrschung wegen der Haarnadeln verlor und sagte, dass, wenn ich sie immer und immerfort wegnähme, wüsste sie nicht, wie sie überhaupt ihre Haare machen sollte.

Dies erschien mir recht ungerecht.

Ich hatte die Haarnadeln ja nicht zu meinem eigenen Vergnügen weggenommen. Fakt ist, dass das Abflussrohr in der Küchenspüle häufig verstopft und eine Haarnadel diese oft löst, während alles andere nichts nützt. Ich erwiderte kühl, aber ohne Wut, dass ich in Zukunft meine eigenen Haarnadeln haben werde.

„Was für ein Schwachsinn!", sagte sie.

Hiernach erhob ich mich und ging die Treppe hoch ins Bett.

Ich finde, dass die meisten Menschen, die mich kennen, wissen, dass ich ein Mann des Wortes bin. Am folgenden Morgen ging ich noch vor dem Frühstück in die High Street, um mir für einen Penny Haarnadeln zu kaufen. Die Abkürzung von unserer Straße aus in die High Street führt durch die Bloodstone Terrace.

Es war in der Bloodstone Terrace, dass ich Zeuge eines Anblicks wurde, der mich überaus mit Schmerz erfüllte und überraschte. Es ekelte mich an.

Es war eine Schande am ganzen Bezirk und kam einem öffentlichen Skandal gleich.

Das St. Augustine´s – welche das dritte Haus auf der Terrace ist – hatte für die Kundschaft gewaschen und nicht nur das, sondern verwendete den Vorgarten als Trockenplatz! Eine anstößige Sache jener Art brachte mein Blut zum Kochen.

„Eliza", sagte ich, als ich meinen Hut bürstete, vorbereitend, um in die Stadt zu gehen, „ich beabsichtige, heute an Mr. Hamilton zu schreiben."

„Hast du denn das Geld?", fragte Eliza gespannt.

„Falls du dich auf die Pacht des letzten Quartals beziehst, meine ich nicht, dies sofort voranzutreiben. Eine gewisse Kreditsumme ist normal zwischen einem Grundbesitzer und seinem Pächter. Ein etabliertes Unternehmen an Agenten wie das von Hamilton & Bland muss das wissen."

„Gestern war jedenfalls das dritte Mal, dass sie wegen des Geldes angeschrieben haben und du kannst sagen was du willst. Weswegen schreibst du denn?"

„Ich habe eine Beschwerde zu machen."

„Nun, ich würde keine Beschwerde machen, solange ich nicht das letzte Quartal bezahlt habe, wenn ich du wäre. Sie werden dir nur kündigen."

„Das glaube ich nicht. Ich mache die Beschwerde in ihrem Interesse. Wenn ein Pächter in Bloodstone Terrace absichtlich auf eine Weise agiert, die die gesamte Nachbarschaft in

Verruf bringt und den Wert des Hauseigentums herabsetzt, wären die Agenten womöglich froh, davon zu hören."

„Also, du verpasst deinen Zug. Lauf los und schreib keinen Brief vor heute Abend. Dann kannst du darüber reden, wenn du willst."

Am Abend beim Essen sagte Eliza, dass sie die Bloodstone Terrace entlanggegangen wäre und sie nicht erkennen konnte, weswegen ich so ein Gewese mache.

„Es ist einfach dies", sagte ich. „St. Augustine´s ist in eine Wäscherei übergegangen und benutzt den Vorgarten zum Wäschetrocknen auf eine Art, die, meines Erachtens, unangemessen ist."

„Ja", sagte Eliza, „das ist Mrs. Pedder. Die arme Frau muss etwas für ihren Lebensunterhalt tun. Sie hat gerade erst damit begonnen und hatte gegenwärtig nur eine einzige Arbeitsstelle bekommen. Es wäre herzlos -."

„Ganz und gar nicht. Lasse sie waschen, wenn sie waschen muss, aber lass sie woanders waschen. Ich kann es nicht haben, wenn mir diese anstößigen Lumpen jedes Mal ins Gesicht flattern, wenn ich die Straße entlanggehe."

„Das sind keine anstößigen Lumpen. Ich nehme es mit deinen Sachen überaus genau."

„Was meinst du damit?"

„Es sind deine Sachen, die sie wäscht. Ich dachte, ich gebe ihr etwas für den Start."

Ich stürzte mein halbes Glas Bier hinunter, setzte das Glas mit einem Knall ab und warf mich ohne ein Wort zurück auf den Stuhl.

„Benimm dich nicht so dümmlich", sagte Eliza. „Sie ist je Hemd einen Penny billiger als die letzte Frau."

„Das brauchst du nicht zu erwähnen", entgegnete ich. „In jeder Hinsicht, werde ich nun meine Beschwerde fallenlassen. Ich muss die Last jedes Fehlers, den du begehst, tragen. Dem bin ich mir sehr wohl bewusst."

„Ich werde ihr sagen, dass sie zukünftig die Wäsche nach hinten raus hängen soll."

„Sie kann sie hinhängen wo es ihr beliebt. Ich schätze, ich kann es tragen. Es ist bloß eine weitere Drangsal, die ich tragen muss. Eine nach der anderen."

„Im Gegenteil", sagte Eliza, „sie hatte bisher nie mehr als einen Kragen verloren. – Du hast Dreck auf der Nase."

„Hier ist jetzt Ende", sagte ich übellaunig und ging hinaus in den Garten.

# Die „Christliche Märtyrerin"

Die „Christliche Märtyrerin"* war, was als ein
einprägendes und sehr geschmackvolles Ding
betrachtet wird; auch – außerdem - weil es das
größte Bild war, das wir besaßen. Es stellte eine
junge Frau dar, ertrunken, die einen Fluss bei
Nacht entlangtreibt. Ihre Hände sind gebunden
und ihr Gesicht zeigt einen sehr freudigen Ausdruck. Zusammen mit dem Rahmen (aus
Ahorn und ein innenliegender vergoldeter
Rahmen) kam es drei Shilling und sechs Pence.
Ich kaufte es auf eigene Verantwortung in der
Edgware Road und trug es heim.
Ich dachte, Eliza würde es mögen. Und so war
es.
„Das arme Ding!", sagte sie. „Man kann erkennen, dass sie auch eine Lady gewesen sein
muss. Aber schrecklich verstaubt!"

---

* „Die Tote Christliche Märtyrerin" (1853) aus der Zeit
des Diocletian im Tiber von Paul Delaroche (1797-
1856); original im Englischen „Young Christian Martyr".

„Man kann nicht alles für drei Shilling und sechs Pence bekommen. Hättest du unter dem Ladentisch gehandelt in einem dreckigen kleinen - ." „Also gut! Es war keine Beschwerde. Aber ich mag die Dinge sauber." Und sie nahm die „Christliche Märtyrerin" mit in die Küche.

„Wohin, meinst du, sollen wir es hängen?", fragte Eliza.

„Die einzig gute Stelle wäre zwischen „Die Attacke der Leichten Brigade" und „Der Hirsch in Schach"."

„Was! Im Speisezimmer?"

„Gewiss."

„Nun, nein", sagte Eliza. „Es ist ein heiliges Objekt und wir benutzen den Salon sonntags. Dort ist die Stelle für das Bild."

„Ich finde, ich kann meinem eigenen Geschmack vertrauen", sagte ich. Ich nahm einen Messing köpfigen Nagel und einen Hammer und legte los. Hinterher sagte Eliza, dass sie gewusst hätte, dass der Stuhl bräche, noch ehe ich darauf stand.

„Dann hättest du ja was sagen können", sagte ich kalt.

„Allerdings wirst du erfahren, dass, wenn ich mich zu etwas entschlossen habe, dann tue ich

es auch." Ich läutete und trug dem Mädchen
auf, die Trittleiter herzubringen.
Ich hing die „Christliche Märtyrerin" auf und
war sehr erfreut von der Wirkung. Der ganze
Raum sah heller und fröhlicher aus. Ich fragte
Eliza, was sie dachte und sie antwortete, so wie
ich erwartete, dass das Bild im Salon hätte hin-
gehängt werden sollen.
„Eliza", sagte ich, „da gibt es einen kleinen Makel, den du versuchen solltest zu korrigieren:
Dickköpfigkeit."

Am nächsten Morgen beim Frühstück hing das
Gemälde komplett schief. Ich stellte es gerade.
Dann brachte das Mädchen den Speck herein,
rieb am Gemälde und hängte es wieder schief.
Ich stellte es erneut gerade und setzte mich hin.
Das Mädchen, beim Hinausgehen, hängte es
ein weiteres Mal schief.
„Also wirklich", sagte ich zu Eliza, „das ist nun
zu viel!"
„Dann nimm etwas davon herunter."
„Ich bezog mich nicht darauf, was auf meinem
Teller ist, sondern auf das Betragen des Haus-
mädchens. Ich habe ihr nicht die „Christliche
Märtyrerin" gekauft, damit sie es auf diese

Weise behandelt und ich finde, du solltest mit ihr darüber reden."

„Sie kann nunmal nicht an dem Bild vorbeigehen ohne daran zu reiben. Du hast es so niedrig gehängt. Ich sagte ja, dass es besser im Salon hinge."

Wie gewöhnlich blieb ich bei Fassung.

„Eliza", sagte ich, „hast du schon vergessen, was ich dir gestern Abend gesagt habe? Wir alle – sogar die Besten von uns – haben unsere Makel, aber gewiss - ."

„Während du redest, verpasst du den Zug", sagte sie.

Als ich aus der Stadt zurückkehrte, ging ich in das Speisezimmer und erkannte, dass das Bild verschwunden war. Eliza saß dort so ruhig, als wäre nichts geschehen.

„Wo ist die „Christliche Märtyrerin"?", fragte ich.

„Auf dem Sofa im Salon. Du sagtest ja selbst, dass es hier nur im Weg sei. Ich dachte, du magst es dort aufhängen."

„Ich bin nicht zornig", sagte ich, „aber schmerzerfüllt." Dann holte ich die „Christliche Märtyrerin" und hängte sie an ihren alten Platz.

„Du bist ein lustiger Mann“, sagte Eliza. „Ich
weiß nie, was du eigentlich willst.“

Als wir am Abend hochgingen, um ins Bett zu
gehen, hörten wir einen lauten Knall im Speisezimmer. Die „Christliche Märtyrerin“ lag auf
dem Boden und das Glas war zerbrochen. Es
hatte ebenso eine japanische Teekanne kaputt-
geschlagen.
„Ich wünschte, du hättest niemals die „Christliche Märtyrerin“ gekauft“, sagte Eliza. „Hätten
wir hier einen wilden Stier herumlaufen, könnte es nicht schlimmer sein. Ich werde hierfür
sicher kein neues Glas kaufen.“
So kaufte ich am nächsten Tag selber ein neues
Glas in der Stadt und brachte es mit nach Hause. Doch offensichtlich hatte es sich Eliza anders überlegt, da ein neues Glas bereits eingesetzt worden war und es hing im Speisezimmer,
genau dort, wo es zuvor gehangen hatte.
Als Belohnung für Eliza nahm ich es ab und
hängte es im Salon auf. Sie lächelte auf merk-
würdige Art und Weise, das ich nicht recht
mochte. Aber ich befand es für besser, nichts
mehr dazu zu sagen.

# Die Pagrams

Streng genommen haben wir uns mit den Pagrams´ zerstritten.

Wir leben beide in derselben Straße und Pagram arbeitet im selben Büro wie ich. Für einige Zeit kamen wir miteinander aus. Dann, eines Abends, schauten sie bei uns vorbei und borgten – tja, ich habe nun vergessen, was es genau war, aber sie schauten vorbei, um etwas zu borgen. Einen Monat später – als sie es nicht zurückbrachten – schickten wir danach nachzufragen. Mrs. Pagram entgegnete, dass es bereits zurückgegeben wurde und Mr. Pagram – das war die vernichtende Sache – erzählte mir im Büro ausdrücklich, dass sie es sich nie geborgt hätten. Nun hasse ich alles Betrügerische.

So hielt es auch Eliza.

Vor zwei oder mehr Jahren haben sich Eliza und Mrs. Pagram auf der Straße getroffen, ohne die geringste Notiz vom jeweils anderen zu nehmen. Ich sprach mit Mr. Pagram im Büro – oder eher ich werde, wie man es sagen könnte, mehr oder weniger dafür bezahlt, mit ihm zu sprechen. Aber draußen, außerhalb der Arbeit, haben wir nichts miteinander zu tun.

Es war, denke ich, am Mittwochmorgen beim Frühstück, dass Eliza sagte: „Ich habe gerade erst von Jane gehört, die es vom Milchmann erfahren hat, dass Mrs. Pagram letzte Nacht ein Baby zur Welt gebracht hat.“
„Nun, das“, bemerkte ich, „ist nicht im Geringsten von Interesse für uns.“
„Natürlich nicht. Ich erwähnte es einfach nur.“
„Ist es ein Junge oder ein Mädchen?“
„Ein Mädchen. Ich hoffe nur, dass sie es zur Sprache bringen wird, um die Wahrheit zu sagen.“
Ich erwiderte, dass sie hoffen dürfte, was wir nicht erwarteten.
Soweit hatte Eliza ganz genau den Ton angenommen, den ich wollte. Aber als ich sie beobachtete, sah ich, wie ihr Ausdruck sich veränderte und ihre Unterlippe sich gleichsam an einer Seite hinunterzog.
„Also“, sagte ich recht schroff. „Was ist denn? Diese Leute bedeuten uns nichts.“
„Nein, aber ... es erinnert mich ... unser kleines

Mädchen ... mein Baby ... das starb. Und ich -."
Hier legte sie ihr Messer und ihre Gabel nieder, stand auf und schritt zum Fenster. Dort
stand sie mit ihrem Rücken zu mir gekehrt.
Ich hatte den Gedanken zu ihr über die
Dummheit des Erinnerns dessen zu sprechen,
was sehr verletzend für sie sein musste. Aber
ich sagte gar nichts und fing an, meinen Zylinder flott zu bürsten. Es war Zeit, dass ich mich
zur Stadt aufmachte.
Ich ging hinaus.
Dann kam ich zurück, küsste Eliza und ging
erneut hinaus.

Ich war ein wenig überrascht Pagram im Büro
anzutreffen.
„Ich habe geglaubt, dass Sie sich einen Tag frei
genommen hätten", sagte ich.
„Das kann ich mir gerade jetzt nicht leisten",
entgegnete er auf ziemlich verdrießliche Art.
„Alles gut daheim?"
„Nein."
„Nach meiner Armbanduhr", sagte ich, „geht
die Bürouhr fünf Minuten nach. Was sagt Ihre
Uhr?"
„Weiß nicht. Habe meine Uhr zu Hause lie-

genlassen.“

Ich hatte bemerkt, dass er keine Armbanduhr
trug. Später am Tag hielt ich etwas mehr Konversation mit ihm. Er ist nur mein Untergebe-
ner im Büro und ich wüsste wirklich nicht, warum ich so viel Notiz von ihm hätte nehmen
sollen.

Als ich an jenem Abend nach Hause kam, war
ich mir nicht im Klaren darüber, ob ich es Eliza
erzählen sollte oder nicht. Sie hasst jedwede
Extravaganz und wenn ich es ihr erzählte, war
ich mir sicher, dass sie darüber unerfreut wäre.
Gleichzeitig, wenn ich es ihr nicht erzählte, und
sie es hinterher herausfände, wäre sie noch
unerfreuter darüber. Jedoch entschloss ich
mich, nichts zu sagen. Ich war diesbezüglich ein
wenig nervös und ich gebe zu, dass ich ein
schlechtes Gewissen hatte.
Als ich in den Flur trat, kam Eliza die Treppe
hinunter. Sie war gekleidet zum Ausgehen und
hielt einen Korb in Händen. Sie sagte: „Ich
möchte, dass du mich zu den Pagrams´ gehen
lässt, um zu sehen, ob ich irgendetwas tun
kann. Sie und das Baby sind beide sehr krank,
die Krankenschwester bekommt nicht eine

Minute Schlaf, sie haben sonst keinen, der
ihnen hilft. Und, und – ich gehe!"
„Nun, denkst du, dass das nötig ist, Eliza?",
begann ich. „Wenn du unsere Haltung gegenüber den Pagrams´ bedenkst, die wir vor zwei
Jahren angenommen haben und die skandalöse
Art, auf welche sie - ."
Hier hielt ich inne. Die Flurtüre war zu und
Eliza war fort und es lohnte sich nicht fortzu-
fahren.
„Nun", dachte ich bei mir, „es steht zehn zu
eins, dass Eliza mir auf die Schliche kommt
und wenn sie das tut, wird sie sich wahrscheinlich selber unfroh machen."
Allerdings beschloss ich, mich selber deswegen
nicht zu beunruhigen. Wenn es dazu käme, so
bildete ich mir ein, könne ich mich selber
ebenso unfroh machen, wie die meisten Leute,
wenn es einen Anlass dazu gibt.

Es vergingen Stunden ehe Eliza zurückkehrte.
Sie platzte ins Zimmer hinein und sagte: „Es
geht beiden besser und das Baby ist eine
Schönheit und ich werde morgen Nachmittag
wieder hingehen."
„Aber ja!", sagte ich. „Ich wüsste auch nicht,

dass du nicht etwas zu sehr übertreibst mit diesen Leuten."

„Denkst du? Ich habe dich ertappt. Du hast es mir nicht erzählt, aber Pagram tat es. Du hast ihm heute Morgen drei Pfund geliehen. Wir können uns sowas nicht leisten."

„Ja, ja", sagte ich, „ich habe es so gelegt, dass ich ein paar Überstunden machen kann ab nächster Woche. Das .. das macht es am Ende wieder wett. Du solltest diese Geschäftsangelegenheiten mir überlassen. Jedenfalls ist es nicht gut, herumzumäkeln und - ."

„Gibt denn Pagram für gewöhnlich Geliehenes zurück?"

Ich verlor meine Beherrschung und sagte, dass ich mich einen Dreck darum scherte! Und dann – erst dann – erkannte ich, dass sie darüber nicht wirklich unerfreut war.

„Na", sagte sie, „du Dummerchen! Ich bin froh, dass du das getan hast. Die Ärmsten wussten keinen Ausweg mehr und hatten ... sie hatten gar nichts! Du hast sie gerettet und nie habe ich etwas auch nur halb so sehr gemocht, wie das, was du heute getan hast."

Hier brach Eliza in Tränen aus, das wirklich ungewöhnlich für sie ist.

# Beförderung

Wie wahr es ist, was einer unserer englischen Dichter* bemerkte, dass nach dem Regen immer Sonnenschein folgt! Während dieses kleine Werk eigentlich schon im Druck sich befand, ereignete sich etwas von solch großartiger und weitreichender Wichtigkeit, dass ich es nicht unterlassen kann, es zum Thema eines zusätzlichen Papierbogens zu machen. Ich kann es in einem Wort erläutern: Beförderung. Es ereignete sich zu einer Zeit, in welcher ich unter großen Depressionen und erheblichem Ärger litt, wie ich es bereits in meiner Vorbemerkung angedeutet hatte. Es war an einem Mittwochmorgen und jene, die mich kennen, wissen, dass ich stets sonntags, mittwochs und freitags ein sauberes Hemd anziehe.

---

* Porter, William Henry (1845)

Dies mag übertrieben erscheinen und vielleicht nicht im Verhältnis zu meinem Einkommen stehen, aber ich gebe ohne Scheu zu, dass ich mit meiner persönlichen Erscheinung sorgsam umgehe. Ich muss ebenso hinzufügen, dass ich besonders Acht gebe – und ich denke zu Recht – hinsichtlich der Frage des Wäschelüftens.

Alles was ich sagte, war, dass ich ein solches Hemd anziehen müsse, ob es Eliza recht war oder nicht und dass es mich wahrscheinlich umbringen würde. Aber das war mir egal und vielleicht: Je eher alles vorbei war, desto besser. Es hat Umstände gegeben, unter jenen das Leben kaum lebenswert war und wenn jemand stetig missachtete Anordnungen zum Ausdruck bringt, beginnt man alle Hoffnung aufzugeben. Eliza sprach recht bissig und sagte, dass meine Wäsche immer richtig durchgelüftet wäre und dass ich zu kleinlich sei. Ich erwiderte, ohne meine Beherrschung zu verlieren, dass es sowohl Lüften als auch Lüften gab. Selbst jetzt kann ich mir nicht denken, dass Eliza weder gerecht noch genau war. Zur Frühstückszeit ereigneten sich ein oder zwei andere kleine Umstände, die mich verärgerten. Eine Teetasse, die so hoch gefüllt ist, dass sie in die Untertasse überschwappt, ist für mich ein ausgemachter Dorn in Person. So auch der Speck, der verkohlt ist. Ich tat kaum mehr als es zu erwähnen, aber Eliza schien ungehalten. Sie sagte, ich täte nicht mehr als nur herumzumäkeln und bezüglich des Specks sollte ich lieber in die Küche gehen und am Dienstmädchen herummäkeln, da sie es war, die gekocht hat. „Im Gegenteil", sagte ich, „in neunundneunzig Fällen von hundert ist es die Herrin, die den Tadel verdient, wenn ein Bediensteter etwas falsch macht." „Ha!", sagte Eliza, ein Ausdruck, den ich nicht als sehr damenhaft empfinde. „Und wenn dich ein Hansom-Cab* auf der Oxford Street überfährt, gehst du hin und erhältst vom Shah von Persien einen Schadensersatz. So läuft der Hase." Diese Antwort reizte mich durch seine Dümmlichkeit und ich musste ziemlich an mich halten, um kein weiteres Wort jedweder Art während des Frühstücks zu sagen.

---

* eine Art Kutsche

Ich hätte zwar aufstehen und auf der Stelle aus
dem Zimmer gehen sollen, aber aufgrund der
Tatsache, dass ich noch nicht ganz mit meinem
Speck fertig war und ich Verschwendung hasse,
blieb ich. Ein wenig später sah ich zufällig auf
und es traf mich in Elizas Gesicht zu sehen,
dass sie kurz davor war zu weinen. Deswegen
brachte ich den Hinweis vor, dass die Butter
besser schmeckte, als sie bislang geschmeckt
hatte und dass es wie ein ganz und gar guter
Tag aussah. Alles Schwache ist mir zuwider,
aber dennoch, wenn man erkennt, dass die
Worte ihr Ziel nicht verfehlt haben, ist man
berechtigt, nicht weiter in der Wunde herum-
zugraben. Trotz allem bin ich bereit einzuge-
stehen, dass ich mich mit nichts als Niederge-
schlagenheit auf den Weg in die Stadt machte
und ohne jede Lust, mich an der frivolen Unterhaltung, die im Eisenbahnwaggon im Gange
war, zu beteiligen.


Als ich am Büro eintraf, war ich überrascht
herauszufinden, dass Mr. Figgis, unser Bürovorsteher, nicht da war. Er war es, der mir den
Tonic Portwein gab und diktatorisch veranlagt

war. Aber ich muss gestehen, dass er immerzu
ein überaus pünktlicher Mensch war.
Ich war äußerst überrascht.

Unser Seniorpartner Mr. Bagshaw kam sehr
viel früher denn gewöhnlich – um 10.30 Uhr
um genau zu sein – und schickte sofort nach
mir. Er ist ein großer, fetter Mann – er spricht
in kurzen Sätzen und zwischendrin atmet er
schwer. In dem Moment als ich sein Zimmer
betrat war ich mir so sicher, dass ich gefeuert
werden würde, wie ich stets gewesen war, wo-
von ich keine Ahnung hatte. Ich lag falsch.
Er bedeutete mich hinzusetzen, starrte mich an
und begann:
„Gestern Abend haben wir Mr. Figgis für einige
Minuten festgehalten. Am Schluss unserer Unterredung mit ihm verließ er für immer das
Büro und wird niemals wiederkehren – niemals!"
Ich sagte, dass ich äußerst verwundert sei.
„Wir nicht. Wir haben erfahren, dass es da
eine Undichtigkeit gab. Die Leute wussten, was
wir tun, Leute, die es nicht wissen durften. Er
verkaufte Informationen. Wir haben Detektive
darauf angesetzt. Sie bewiesen es. Verstehen

Sie?“

Ich sagte, dass ich es verstand.

„Also übernehmen Sie zukünftig Figgis´ Stelle,
ja?“

In diesem Augenblick dachte ich, ich werd´
nicht mehr! Es kam so unfassbar unerwartet.
Geben Sie mir Zeit und ich denke, ich kann, so
gut wie jeder andere Mann, einige gut gewählte
Worte, die für diesen Anlass geeignet sind,
vorbringen.

Aber nun konnte ich an nichts anderes denken
als „Danke“ zu sagen.

Er fuhr damit fort zu erklären, dass dies eine
Soforterhöhung meines Gehaltes von 75 Pfund
bedeuten würde und eine künftige Erhöhung
von weiteren 75 Pfund am Endes eines Jahres,
wenn meine Arbeit zufriedenstellend wäre. Er
sagte, dass ich natürlich nicht Figgis´ Fähigkeiten hätte, aber dass man mich in letzter Zeit
ganz genau beobachtet hatte und ich mich
selbst als ehrlich, systematisch und im Kleinen
sorgfältig erwiesen hätte. Man glaubte zudem,
dass ich die Wichtigkeit einer verantwortlichen
und vertraulichen Position realisieren und dass
ich die mir unterstehenden Männer auf Trapp
halten könne.

Die restliche Unterhaltung beinhaltete meine neuen Pflichten und am Ende übergab er mir Mr. Figgis´ Schlüssel; mein Name und die Büroanschrift wurden bereits auf das Etikett gedruckt.

Ich wäre mir gegenüber nicht gerecht, wenn ich keine Verweise auf Mr. Bagshaws Vergleich von Mr. Figgis´ Fähigkeiten und die meinen angestellt hätte. Ich will lediglich das Faktum klarstellen, dass mehr denn einmal Mr. Figgis´ Erfolg gefeiert oder Versagen verhindert wurde, aufgrund meiner Vorschläge, die ich ihm mitteilte. Dass er mir hierfür keine Ehre in der Firma zugedacht hatte ist genau das, was ich von einem Mann eines solchen Charakters erwartet hätte.

Jedoch habe ich nun meine Chance und die Firma wird es schon sehen.

Als ich zum Büro des Vorstehers zurückging, fand ich einen der jüngeren Angestellten den Clown spielend vor.

„Ich wünsche, dass Sie dies bitte unterlassen", sagte ich, „und mit Ihrer Arbeit fortfahren."

„Wer gab Ihnen das Recht hier Befehle zu erteilen?", fragte er mich unverschämt.

Glücklicherweise war es das, was ich erwartet hatte, das er sagen würde und daher hatte ich meine Antwort parat: „Mr. Bagshaw tat es, vor drei Minuten, als er mich zum Bürovorsteher als Nachfolger von Mr. Figgis ernannte."
Und ohne ein weiteres Wort ging ich ruhig zu Mr. Figgis´ Schreibtisch und schloss ihn auf. Der Effekt war bemerkenswert und verschaffte mir große Freude. Während der Mittagspause erhielt ich mehrere Beglückwünschungen und wurde dazu gedrängt Spirituosen mitzutrinken. Aber ich hatte mich vor langer Zeit dazu ent-schlossen, dass, wenn mich die Firma jemals in einer guten und verantwortlichen Position ein-setzt, ich dem Alkohol während der Geschäfts-zeiten ganz und gar entsagen würde.
Ich führte diesen Vorsatz aus und werde so fortfahren: Figgis, mit all seinen sogenannten Fähigkeiten, war häufig nachmittags dösig. Ich erhaschte ein paar Augenblicke, um an Eliza zu telegrafieren: „Nimm den Abendzug. Sehr gute Neuigkeiten für dich."
Auf meinem Weg zum Bahnhof kaufte ich eine kleine Flasche Champagner; es kostete mich Zweieinhalbshillingstücke, aber der Preis für diesen Wein ist immer recht happig. Ebenso

nahm ich noch in meiner Tasche eine Dosen-
zunge und einige Birnen mit mir.

Eliza wartete auf mich und war offensichtlich
aufgeregt.

Sie hatte erraten, was geschehen war.

„Wurde Figgis vom Platz gedrängt?", fragte sie.

„Ja. Lass uns so bald wie wir können vom
Bahnsteig verschwinden. Es schauen schon
alle."

Wir schritten sehr schnell heimwärts und Eliza
stellte den ganzen Weg lang Fragen und sah,
wie ich bemerkte, ganze fünf Jahre jünger aus.
Nach dem was ich über meine Einkäufe gesagt
hatte, brauche ich nicht hinzuzufügen, dass das
Abendessen an jenem Abend ein vollkomme-
nes Festmahl gewesen ist.

Wir diskutierten lange über unsere Zukunft
und gingen nicht vor nach Elf zu Bett. Ich war
zunächst dafür, ein viel besseres Haus zu nehmen, aber Eliza dachte, wir sollten klüger daran
tun, das Geld mehr dort hineinzustecken, es
uns selber im Ganzen bequemer zu gestalten.
Als sie dies näher erläuterte, befand ich ihren
Pfad im Ganzen besser als den meinen. Neue
Vorhänge für den Salon sind sofort in Angriff
zu nehmen. Die Putzfrau soll regulär einmal

die Woche kommen. Wir erhöhten den Lohn des Mädchens um einen Pfund und sie verfiel in Hysterie.

Eliza bestand darauf, dass ich in Zukunft eine Zeitkarte erster Klasse haben solle.

Man kann so vieles mit 75 Pfund tun.

Alles in allem: der glücklichste Abend meines Lebens.

# ENDE